PUSULA

OLDUĞUNUZ YERDEN...
OLMAK İSTEDİĞİNİZ YERE

TAMMY KLING
JOHN SPENCER ELLIS

Eserin Orijinal İsmi
The Compass
olup, eser birebir çevrilmiştir.

Editör: Pantha Nirvano
İngilizce Aslından Türkçe'ye Çeviren: Merve Duygun

Dizgi, Mizanpaj
Mineral Görsel İletişim Hizmetleri Ltd. Şti.
Tel: 0 212 287 26 20 (pbx)

Baskı, Cilt
İstanbul Matbaacılık Basılı Yayıncılık, Reklamcılık San. Tic. Ltd. Şti.
Tel: 0 216 466 74 96

BUTİK YAYINCILIK VE KİŞİSEL GELİŞİM HİZ. TİC. LTD. ŞTİ.
Davutpaşa Cad. Emintaş Kazım Dinçol San. Sit. No: 81/260
Topkapı - İstanbul Tel: 0 212 612 05 00 Fax: 0 212 612 05 80
www.butikyayincilik.com • info@butikyayincilik.com

Mark, Reed ve Luke için

İÇİNDEKİLER

TEŞEKKÜR

Perseus'taki olağanüstü ekibe, bu kitaba duydukları bağlılık ve sevgi için teşekkür ederiz. Roger, Amanda ve Georgina, harikasınız! Harika bir yönetici olduğu için PMA'daki Peter Miller'a ve edebi üstünlüğü ve rehberliği için Adrienne'e sonsuz teşekkürler!

Son olarak, sevdiklerimize ve bu kitabı mümkün kılan O'na çok teşekkürler.

1. Bölüm

GECE

Bazen önünüzdeki yaşama
yer açmak için, planladığınız
yaşamdan vazgeçmeniz gerekebilir.

Beş saniye, yaşamınızı sonsuza dek değiştirebilir. Hayallerinizi değiştirebilir ve hayatınızda dilediğiniz her şeyi bir anda silip atabilir. Sizi bir hiçlik arayışında vahşi doğaya gönderebilir.

Nevada çölünde üç gün geçmişti ve ben ayakkabılarımın eridiğini hissedebiliyordum. Durdum, bir ayağımı havaya kaldırdım ve ayakkabımın tabanını inceledim. Lastik taban, her adımda daha yüksek derecelere ulaşarak alev almış gibiydi.

Sıcak dalgalar, kırmızı kumların yüzeyini havalandırıyordu. Yeryüzündeki en kuru yer olan Ölüm Vadisi yakınlarında, Amargosa'nın kilometrelerce dışındaydım. Ne zaman bir şeyler yiyip içebileceğimi bilmiyor ve önemsemiyordum.

Nörobiyoloji alanındaki araştırmalarımdan, beynin günlerce susuz kalabileceğini biliyordum. Dendritler kendilerini yeniliyor; sinapslar ateşlemeye devam ediyordu. Beyin, en kötü koşullar altında bile kendini yenileme becerisine sahip inanılmaz bir organdı. Ama bir an önce su bulamadığım takdirde, vücudum susuz kalacak ve bilincim bulanıklaşmaya başlayacaktı. Bir şeyler görmeye, duymaya başlayacaktım...

Bir kaktüs görme umuduyla etrafa bakarak kuru vadide bir adım daha attım. İçinde litrelerce su olacaktı ve bazı kaktüs türleri, eski yerli kabilelerin yıllarca çölde yaşamalarına olanak vermişti. Beş dakika daha yürüdüm ve çıkıntılı bir kaya bulup üzerine oturdum. Başımı önüme eğip avuçlarıma baktım.

Öncelikle hiçbir planım ve arzum yoktu. Yola çıktığımda, tek isteğim kaçmaktı.

Bu yolculuğa çıkmadan önce, benim için küçük bir veda partisi yapmakta ısrar etmişlerdi ve o karmaşanın ortasında, odanın arkalarından bir ses duydum.

"Neredeyse yaşamı ikiye bölünmüş gibi: kazadan önce ve sonra."

Doğruydu. Şimdi farklı bir adamdım. Bir testere ile ortadan ikiye ayrılmış bir kadavra gibi hissediyordum. Göğsüm yarılmış, organlarım ortadaydı. Otopsi yapılan bir vücut gibi, kalbim yerinden sökülmüş ve incelenmek üzere göğsümün üzerine konmuştu. Kan akmaya devam ediyordu. Gerçek bir kadavraydım.

İçi boş.

Sırt çantamda bıraktığım küçük enerji gofretini yemeyi düşündüm, ama yediğim takdirde, durumun daha da kötüye gidebileceğini biliyordum. İç organlarım sıkışacaktı. Sindirim için suya ihtiyaç vardı ve su olmadan yemek küçük bağırsağımdan geçmeyecekti.

"İyi misin?"

Ses beni afallattı ve başımı kaldırıp güneşe baktım. Gözlerimi ovuşturdum ve yutkundum. Boğazım kurumuştu.

Süreç başlıyor muydu?

"İstersen burada su var." Sesi boğuktu, ama kadın olduğu belliydi. Parıltının içinden kır saçları ve çizgilerle kararmış girintili bir çenesi olduğunu gördüm. Matarayı bana doğru uzattı. "Su sıcak, ama hiç yoktan iyidir. Buraya sadece bir ahmak matarasız gelir."

Matarayı aldım ve metal kapağını açtım.

"Yolunu mu şaşırdın?" diye sordu.

Başımı salladım, "Hayır."

"Aklı başında hiç kimse buralara kadar gelmez," dedi. "Kaybolmuş olmalısın. O veya bu şekilde."

Kadının üzerinde kahverengi bir şort ve önü ve kollarında cepler bulunan uzun kollu bir gömlek vardı. Boynundan, siyah deri kayışın ucunda büyük bir fotoğraf makinesi sallanıyordu. Botunun ucuyla kumu hafifçe tekmeledi. Çölle ilgili bir el kitapçığında okumuştum. Tecrübeli rehberler yere oturmadan önce akrep ve çıngıraklı yılan olmadığından emin olmak için yeri eşelerdi.

"Bir adın var mı?" diye sordu.

Matarayı elimde tuttum ve içip içmemeyi düşündüm, ama sonra sahip olduğu tek suyun bu olabileceğini fark ettim.

"Jonathan," dedim. "Jonathan Taylor."

"Jonathan, havanın 46 derece olduğunun farkında mısın?

Hiçbir şey söylemedim ve omuz silktim.

"Tişörtten daha fazlasına ihtiyacın var," dedi. "Ve kot pantolon da çöl için iyi bir seçim değil."

"Şurada bir çadırım var," dedi ve ağaçlıklı bir alanı işaret etti. Fotoğraf makinesinin üzerine hafifçe dokundu. "Gölgede dinlenebilirsin. Ben bir haftadır buradayım, fotoğraf çekiyorum." Samimi bir şekilde yüzüme baktı. "Yaran kötü görünüyor. Temizlemek için bir şey ister misin?"

Çenemin sol tarafına dokundum. İki ay olmuştu, ama yara iyileşmiyordu. Başımı salladım.

"Ben iyiyim."

"İyi görünmüyorsun," diye karşılık verdi.

"Peki, sen neden buradasın?" diye sordum. "Neden çöl? Burası oldukça ıssız ve görülecek pek bir şey de yok."

"Ben psikologum," dedi. "Öyleydim yani. Her zaman fotoğrafçı olmak istemişimdir, ama bu, hiç gerçekleştiremediğim bir hayaldi. Çölün bu açıklığını her zaman sevmişimdir. Ve sanırım buraya gelmek için hayattan kaçtığımı söyleyebiliriz. Son fotoğraflarımı çekmek için."

"Son mu?" Merakla ona baktım.

"Ben ölüyorum," dedi net bir şekilde.

"Hepimiz ölmüyor muyuz?" diye yanıtladım.

Söylediğim anda, geri alabilmeyi diledim. Yüzündeki ifadeye baktım. Doğruyu söylüyordu. Gerçekten de ölüyordu.

"Üzgünüm," diye fısıldadım.

Kadın gülerek karşılık verdi.

"Üzülme. Üzülecek bir şey yok. Hepimizin bir başlangıcı ve bir sonu var."

"Ama tedavisi var mı? Neyin var?"

"Kanser hastasıyım. Ve ölümcül," dedi. "İlginç olan, beyin tümörü olması. Düşünsene, tüm yaşamı boyunca beynini kullan bir psikolog ve beyin tümörü var. Tedavisi yok. Ama sorun değil, Jonathan. Bunu kabullendim. Buraya gelmeyi ben istedim." Bana bakmak için döndü. "Ya sen?"

"Uçakla buraya geldim ve yürümeye başladım. Günlerce yürüdüm, dışarıda yattım. Hepsi bu. Buraya da kazara geldim."

"Kaza diye bir şey yoktur," dedi ve eliyle onu takip etmemi işaret etti. "Kazalar olduğunu düşünebiliriz, ama yoktur. Ailen var mı?"

Ayağa kalktım ve kamp kurduğu ağaçlığa doğru onu izledim. Sözlerindeki çelişkiyi düşünüyordum.

Kaza diye bir şey yoktur.

Nasıl yani? Eşimi ve kızımı düşündüm.

Evet, dedim usulca. *Kaza diye bir şey var.*

"Bak, güneş batarken şu kayanın yeryüzüne çıkışını çekiyorum," dedi ve uzaktaki bir kanyonu işaret etti. Dağlık bölge geniş ve uzaktı. Uzun zirveleri gökyüzüne doğru uzanıyordu. "Bu benim hayatım boyunca yaptığım işten çok farklı. Aradığım şeyi buldum. Kaderimi keşfettim. Bu kaderi yaşamak için sadece birkaç haftam olabilir, ama hiç önemli değil." Samimi olduğu belliydi.

"Psikolojide ne tür bir iş yaptın?"

"Yarımküresel entegrasyon."

"Yarımküresel ne?"

"Ben insanların, zihinlerinin geniş kapasitelerini anlamalarına yardım ettim."

"Eşim nörologdu," dedim. "Ama bu terimi hiç duymadım."

"Nörolog*du*?"

Başımı eğip kahverengi kumlara baktım.

"Nörolog*du*," diye tekrarladım.

"Şöyle, yaşamlarımızda bir olay yaşadığımızda," diye açıklamaya başladı, "hafızamıza iki ayrı ve eşsiz resimsel sunum kaydederiz- beynin iki ayrı yarımküresine. Sol yarımküre, mantıksal, doğrusal düşünceden sorumludur. Sağ yarımküre ise kişisel güvenlik gibi uzaysal ilişki ve kavramları içerir.

"Ve?" Konu ilgimi çekmişti.

"Ve eğer algıyı beynin sadece bir tarafından kullanırsak, seçeneklerimiz kısıtlanır ve kişisel sorunlarımız çözümlenmez. Bilinçli bir şekilde, hangi yarımküresel resim üzerinde kontrol sahibi olacağımızı öğrenmek seçeneklerimizi artırır ve daha çok yanıt alırız. Beyin belirli bir şekilde kullanılmak üzere tasarlandı, bunu anlayabildiğini ve tamamen erişebildiğini düşünsene."

"Bu ikinci yarımküreye ulaşmak, varlığından bile haberdar olmadığımız kapılar açar."

Omuz silktim.

Geçmiş yüz gün boyunca yaşanan olayları tamamen farklı bir şekilde görmek için beynimi programlamanın, kendi düşünce şeklimi değiştirmenin bir yolu olup olmadığını merak ettim. O kavşaktan bir kez daha geçip bir şey yaşamak zorunda olmasaydım... onları öyle yolda yatarken, son nefeslerini verirken görmek yerine...

Belki yaşamım değişebilirdi.

Belki hayatı geri sarabilir, eski işime gidebilir, eve ve eski arkadaşlarıma dönebilir ve yaşam sadece bir dizi vadi ve zirveden ibaretmiş gibi davranabilirdim. Belki vadinin üstesinden gelebilirdim. Tekrar evlenebilirdim. Yeniden dünyaya gelme, ikinci yaşamlara ayak uydurma konusunda başarılı olan insanlar gibi olabilirdim.

Yeni bir eşim, yeni bir çocuğum olabilirdi ve her şeyi kaza diye bir şey yoktur diyerek bir mantığa oturtabilir, böyle olması gerekiyormuş anlayışına erişebilirdim. O zaman belki bu yeni insan olmak, bu yaşama bir başka yaşam getirmek için seçilmiş olduğumu hissederdim. İlk ailenin varlığını ve bir anda yok oldukları gerçeğini unutabilirdim.

Sorun şuydu ki ben bunların hiçbirini göremiyordum. İçim bomboştu.

"Neden atlamadın?" diye sordu.

Şaşkın bir şekilde ona baktım.

"Atlamak istedin," dedi. "O üst geçitte, o kavşakta her şeyi bitirmek istedin. Ve diğer taraftaki kızının yanına gitmek. Bunun acını hafifleteceğini düşündün. Neden yapmadın?"

"Sana bunu anlatmadım," dedim.

"Ama doğru."

Kavşak, yaşamımın simgesi gibiydi. Yolun sonunda bir kavşak vardı ve benim bir karar vermem gerekiyordu. Sola mı dönecektim, yoksa sağa mı? Gidilecek başka bir yer yoktu. Kazadan sonraki günlerde orada, kaldırımda öylece durdum. Parçalanan bir yumurta kabuğu gibi. Üst geçidin kenarında durdum ve yağmurun altında kusarak tırabzanlara tutundum.

Paltomu çıkarmıştım. Ayakkabılarım sırılsıklam olmuştu, ama umursamadım. Onları çıkardım, sel gibi yağan yağmurun altında durdum ve haykırdım. Kalbim boşalıp var olan her şeyin yerini öfke alırken, Lacy'ye, Tanrı'ya ve dinleyecek herkese lanetler yağdırarak bağırdım.

Orada ne kadar kaldım ya da oradan nasıl ayrıldım, bilmiyorum. Üstgeçit olay yerine yakındı ve altı, yedi metre kadar aşağıda kayalıklar vardı.

Yaşadığım bu anı ona anlatmamıştım. Kimseye anlatmamıştım.

"Sen kimsin?" diye sordum. İçimde bir öfke dalgasının kabardığını hissettim. "Psişik falan mısın? İnsanların yaşamlarını görebilen şu cadılardan mı?"

Kadın güldü.

"Ben cadı değilim," dedi. "Ama *sen* kimsin?"

Lacy ve Boo'nun bulundukları yol, bitmek bilmeyen yollardan biriydi. Kilometreler, dakikalar, saatler değil, ama sanki hiçbir çıkış, yol üzerinde hiçbir restoran ya da bağlantı yolu yoktu. Sadece küçük evimizden beş kilometre ötede bir kavşak. Kazadan önce, dikkatimi dağıtacak bir müzik ya da cep telefonu olmadan, sadece motorun gürültüsünü dinleyerek defalarca geçtim o yoldan. Yıllar önce biri bu yola *sonsuz anayol* adını vermişti, çünkü bir dizi eyaleti birbirine bağlayarak mısır tarlalarının arasında bir uçtan bir uca kıvrılıyordu. California'dan düz kırmızı kumlara uzanıyordu ve yaşamı tükettiği o kavşakta ailemin etrafına sıkıca sarılmıştı.

Kazadan yıllar önce, gecenin karanlığında o yoldan geçtiğimi ve arabam bozulduğu takdirde neler olacağını ve nasıl döneceğimi merak ettiğimi hatırlıyorum. Bir benzin istasyonu bulmak için arabadan inecek ve yürüyecektim. Belki bir başka yolcu gelecek, kemiklerimin kalıntılarını bulacak ve yoluna devam edecekti. Belki de beni yırtıcı kuşlar götürecekti.

"Adın ne?" diye sordum. Aklıma gelen tek sözler bunlardı.

"Marilyn," dedi içtenlikle.

Yüzüne baktım ve boğazından aşağı küçük bir ter damlasının süzüldüğünü fark ettim. İdam cezası vardı, ama benim hayatımın herhangi bir döneminde olduğumdan çok daha sağlam görünüyordu. Sanki içinde, yaşamı boyunca ona rehberlik eden bir tür pusula vardı. Karşımdaki yaşlı kadın çölün tam ortasındaydı, ama bir o kadar rahattı.

"Bunun başka bir anlamı olabilir mi?" diye sordum. "Sence Ekim ayının ortasında, burada, bu kavrulmuş çölün tam ortasında oturuyor olmamızın bir sebebi olabilir mi? Yoksa sadece iki zavallı ruh olduğumuz için mi?"

Tekrar gülmeye başladı. Başını geriye attı ve ben de kazadan beri ilk kez güldüm. En yakındaki ağaca yaslandım ve sırtımda keskin bir ağaç kabuğu, içimde ise şiddetli bir enerji ve adrenalin hissettim. *Bir şey* hissetmek güzel bir histi. Kahkahalarla güldüm, uyuşukluğumdan kurtuldum ve ağlamaya başladım.

Gözyaşlarım boşalırken vücudum hıçkırıklarla sarsılmaya başladı.

"Neden burada olduğumu bilmiyorum," dedim. Derin bir nefes alıp kolumla yüzümü sildim. "Ne aradığımı bilmiyorum..."

"Kim biliyor ki?" dedi.

"Bilmiyorum..."

O anda geçmişten bir sahne hatırladım. Boo arabada ve bardaklıkta pembe, plastik bir kupa vardı. Yerdeki oyuncağını işaret ederek, "Ayımı istiyorum," dedi Boo. Kapıyı açtığımızda Explorer'dan yola fırlamıştı.

O anda geri dönmeliydim. O anda durmalı ve bunu bir işaret olarak görmeliydim.

Dur.

Gitmelerine izin verme.

"Al onu," dedi Boo, küçük, ısrarcı bir diktatör gibi. Her zamanki gibi yumuşadım, oyuncağı aldım, ona uzattım ve yanağından öptüm.

"Seni seviyorum, babacığım," dedi yüzü parlayarak.

*

Çöldeki kadın bana baktı ve düşüncelerimden uzaklaşmamı bekledi.

"Jonathan, hiçbirimiz bir şey bilmiyoruz. Bildiğimizi düşünüyoruz, ama sonra bilmediğimiz çıkıyor ortaya. Evren bir şekilde müdahale ediyor. Senin değişimine müdahale ediyor. Sonuçta ne aradığını bilmiyorsun ve ne bulacağını da."

Aklım karışmış bir halde başımı salladım.

"Ama sonuçta bunların hepsi önemsiz zaten," dedi. "Çünkü ne aradığının ya da ne bulduğunun hiçbir önemi yok. Önemli olan içindeki pusulanın sana rehberlik etmesine ve sahip olduğun güçlerin ve bilgeliğin yüzeye çıkmasına izin vermen. Ancak bu şekilde yaşamını amacı doğrultusunda yaşayabilirsin." Bir an düşündü.

"Bu yolculuğa değer," diye ekledi.

2. *Bölüm*

KAÇIŞ

"Bu yolu, tek sıra halinde geçmek zorundaydık ve ben orada duruyordum, sol tarafımda alevler, sağımda ise sonsuz bir boşluk."
- Dante Alighieri

Yaşamınızda, kaderinizi sonsuza dek değiştiren bazı anlar vardır.

Benim gibi bazıları bu anları çoktan yaşamıştır. Bazıları ise henüz yaşamadı, ama o an, okyanusun dibinde sinsi sinsi dolaşan bir köpekbalığı kadar yakın.

Bizler sadece okyanusta yüzen, kontrolün bizde olduğunu düşünüp uzaktaki kıyıyı gören çaresiz yüzücüleriz. Çoğu insan için ileri doğru yüzmeye, savaşmaya değer. Kıyı umut verir, üzerindeki ufuk çizgisi, yeni bir dünyanın girişidir. Bizler yüzeriz, başarırız, sıkı çalışırız ve bu sürede geleceğe doğru ilerlemeye devam ederiz.

Ancak görünenin ötesindekiler her şeydir, çünkü onlar sizin dünyanızı değiştirme, sizi karanlığın içine çekme ve inandığınızı düşündüğünüz her şeyi değiştirme gücüne sahiptirler.

Olaydan sonra, farklı bir karşılaştırma yaptığımı hatırlıyorum; aklı bir savaş meydanına benzetmiştim. Benim deyimimle tutukluluğumun üçüncü günüydü. Ailem beni kendimden kurtarmak için buraya yatırmıştı. Burası Tucson'da, danışmanların beni depresyona karşı ilaçla tedavi ettikleri ve günlük terapiler uyguladıkları bir tesisti. Masaların üzerinde, insanları motive etmeye yönelik kitaplar vardı.

Burası, beni California'da gönderdikleri terapi uzmanından farklıydı. Sizden bir şeyler çıkarmanın farklı yolları vardı. Tucson'a beni kardeşim bırakmıştı. Ben de birkaç gün kaldım, burada yapamayacağımı anladım ve bir ay boyunca kaçtım, ta ki kardeşim beni tekrar götürünceye kadar. Bir otobüse binip eve döndüm ve ertesi gün hiçbir şey olmamış gibi işe gittim.

Otobüs yolculuğu sırasında, koltukta bir gazete buldum. Baş sayfadaki haberde, uçuş sırasında bir uçağın kapısını açıp aşağı atlayan bir kadından bahsediyordu. Cesedini çiçeklerle dolu bir tarlada bulduklarında, paltosunun cebinde bir not vardı.

Tam da bugün, yazmıştı kağıda, *bütün umutlarımı kaybettim.*

Bu makaleyi yırttım ve onun resmini aylarca cebimde taşıdım. Sarışın bir bayan, kırmızı yanaklar, güneş ışıkları ve papatyaları andıran bir tebessüm, tıpkı onu buldukları tarla gibi. Umudun yüzü.

Çöle doğru yola koyulduğum gün, bir daha döneceğimi düşünmemiştim. Tam da o günde, tüm umudumu yitirmiştim. Tüm seçeneklerim tükenmişti. Çalışmadan çalışmış, uyumadan uyumuş, ne söylediğimi ya da kimse söylediğimi hatırlamadan konuşmuştum.

"Yolculuğunun bir sonraki adımı ne?" diye sordu Marilyn.

Cebinden iPod'a benzer bir müzik çalar çıkardı ve birbirine girmiş kablosunu çözmeye başladı.

Arkasındaki dağların üzerinde sabah güneşi yükseliyordu.

Kollarımı gökyüzüne doğru kaldırdım ve gerindim. Duygularımı tarttım. Son zamanlarda bunu yapmaya alışmıştım. Yas terapisinde, kafatasımı yarıp içini güneş ışıklarıyla doldurmayı deneyen terapi uzmanı, matemin safhalarını anlatmıştı ve hepsini ezberlemiştim. Araçlardan biri vücudunuzu hareket ettirmekti, gerinmek gibi küçük bir eylem bile olsa. Sabahları denememe bile gerek kalmadan o matem safhalarını düşünebiliyordum.

Üzüntü, öfke, çaresizlik, bağışlama.

Sonuncuya ulaşma umudum olmadan ilk üçünde takılı kalmıştım. Her sabah çaresizlik içinde uyanıyordum, saf ve karanlık. Hayatımı tanımlayan Karanlık şimdi ruhuma işlemişti.

Neredeyse yaşamı ikiye bölünmüş gibi: kazadan önce ve sonra.

"Uyudum mu?" diye sordum. Gülümseme teşebbüsünde bulunmadım.

Uyuduğumu belirtecek şekilde başını salladı. Aylardır ilk kez ilaç takviyesi olmadan uyumuştum.

"Biraz horladın," dedi. "Derin bir REM uykusuydu." Kulaklıkları taktı ve müzik çalarını açtı.

Dünya sessizdi, ama oturduğu yerden müzik sesi geliyordu.

"Ne dinliyorsun?" diye sordum kulaklarımı işaret ederek.

"Breathe," dedi.

Kulaklığını çıkardı ve yavaşça yanıma gelip kulağıma uzattı.

I can feel the magic floating in the air.
Being with you gets me that way.
I watch the sunlight dance across your face.
And I've never been this swept away.

(Havadaki sihri hissedebiliyorum.
Seninle olmak beni böyle hissettiriyor.
Yüzünde güneş ışıklarının dansını izliyorum.
Ve ben hiç böyle kapılmadım.)

Geri çekildim. "Aşk şarkısı mı?"

Omuz silkti.

"Romantik şarkılar dinleyecek birine benzemiyorsun, bu kadarını söyleyebilirim."

"Bir kez aşık oldum ve bu şarkı bana onu hatırlatıyor. Faith Hill'in şarkısı.

"Nerede şimdi o?"

"Emin değilim, Jonathan. Taşralıydı. Country şarkılarını severdi. Bir gün New York City'de, metroda tanıştık. İş için gelmişti oraya ve takım elbisesinin altında kovboy çizmeleri vardı. Gerçekten göze çarpıyordu. Tüm hayatı boyunca ilk defa oraya geliyordu, yani karşılaşmamız şans oldu."

Gülümsedim ve başımı salladım. Yılların katılaştırdığı bir kadın. Faith Hill'i dinleyen bir New Yorklu.

Gözleri uzaklara daldı.

"Yani onunla evlenmedin."

"İstedim, ama zaten evliydi. Ona hiçbir zaman neler hissettiğimi söylemedim, çünkü zaten imkansız bir ilişkiydi. Ama elektrik vardı. Sadece şehvet değil, sevgi vardı. Gerçek sevgi." Gözlerini kapadı.

"Nereden biliyorsun?" diye sordum.

"Bildiğini hissedersin, Jonathan. Biliyorum, çünkü hayatımda bir daha böyle hissetmedim, kimseye karşı. İlişkilerim oldu, ama asla öyle hissetmedim."

"Yani bugün nerede olduğunu bilmiyor musun? Belki de ölmek üzere olduğunu ve onu sevdiğini bilmek isterdi?"

Başını salladı.

"Yıllar önce anladım ki, bazen hayatını değiştiren biriyle tanışırsın, ama bu yaşamının değişmesi gerektiği anlamına gelmez."

Bir an durup düşündüm.

"Ama ya son bir kez veda etmek isterse?"

"Ne gereği var?" diye sordu. Sesinde samimi bir merak vardı.

"Çünkü o zaman ona nasıl hissettiğini söyleyebilirdin. Bunca yıl nasıl hissettiğini. O da senin gibi hissediyorsa ne olacak?"

"Ne olacak?" diye tekrar ederek ellerine baktı. Sanki ellerindeki çizgiler ona aradığı yanıtları verecekmiş gibi bakıyordu. "Ona söyleseydim, o da beni seviyor olsaydı, o zaman ne olacaktı? Bir mateme kapılacaktı. Eğer beni sevmişse bile, en azından bunca yıl geri döneceğimi umut etmiştir. Umut her şeydir, Jonathan. Biliyorsun."

"Bana hiç mantıklı gelmiyor. Göründüğün gibi değilsin," dedim.

"Hangimiz öyleyiz ki?"

Ayağa kalktım, sırt çantama doğru yürüdüm ve içine uzandım. Kalan son protein gofretine uzandım ve çok acıkmış bir halde yemeye başladım.

"Öfkeli misin?" diye sordum. "Yani önünde uzun yıllar olmadığı için öfkeli misin?"

"Ah, hayır," dedi hemen. "Gerçekçi olalım, sağlıklı olsaydım da en fazla 20 yılım olurdu. 70 yaşındayım şimdi. Gördün mü, hayat yaşamaya değer, Jonathan. Hiçbir şeyin garantisi yok, biliyorsun, ama biz bu dünyaya sanki kontrol bizdeymiş gibi hissederek geliyoruz. Sanki bize bir yaşam rehberi ve yanında yüz yıllık hayat garantisi verilmiş gibi hareket ediyoruz."

"Ama makul beklentiler var..." dedim.

"Ne gibi?"

"Yaşadığın ülkenin ortalama yaşam süresine erişeceğini düşünmek oldukça anlaşılır. Hepimiz bundan daha iyisini yapabileceğimizi ummuyor muyuz?"

"Öyle." Başını yavaşça salladı. "Çünkü bizler benciliz. İnsanlar sadece kendilerini düşünürler. Başında, sonunda ve aradaki her şeyde tüm kontrolün bizde olduğunu düşünürüz. Ama böyle değil." Dikkatli bir şekilde bana baktı. "Elbette, bunu sen de biliyorsun."

Boo'yu ve Lacy ve benim kazadan bir gün önce yaptığımız şeyi düşündüm. Temmuz ayıydı, ömrümün sonuna kadar nefret edeceğim bir ay.

Bir gün parkta durmuş ördekleri besliyorduk, sonraki gün gitmişlerdi. Bir gün, güneş doğarken tüm görkeminizle duruyor, hayatınızın zirvesini yaşıyorsunuz, umudunuz ve olasılıklarınız sınırsız. Ertesi gün güneş batıyor ve siz karanlığın pençesine düşüyorsunuz.

Gece çabuk geliyor.

"Evet," dedi. "Öyle."

Dönüp ona baktım. Tek bir kelime bile etmediğimin farkındaydım.

*

"Bir saat içinde beni almaya bir helikopter gelecek," dedi sonunda. "Oğlum bu hayalimi gerçekleştirmem için kiraladı. Beni eve götürecek, sen de gelmek ister misin?"

"Helikopterle mi?"

"Son gezilerinden biriyse, değişik bir şey olmasında sakınca yok!" deyip güldü.

"Sanırım haklısın," dedim. "Nereye gidiyoruz?"

"New York. Ben şehrin dışında oturuyorum. O yüzden Adirondacks'te küçük bir havaalanına ineceğiz. Sen de yolculuğuna oradan devam edebilir ya da istersen bizimle kalabilirsin."

Teklifini düşündüm. Daha önce hiç Adirondacks'e gitmemiş ve her zaman orayı görmek istemiştim. Ama yola çıkalı henüz bir hafta bile olmamıştı ve iyi tanımadığım insanlarla zaman geçirmeye hazır değildim.

"Helikopter teklifini kabul ediyorum," dedim. "Ama dağlarda yürüyüş yapmak istiyorum."

Marilyn gülümsedi. "Nasıl istersen!"

Bir saat sonra yüz elli metre öteye bir helikopter indi. Yanında çizgiler olan parlak ve siyah bir helikopterdi bu. Kabin dört kişiden fazlasını almayacak gibi görünüyordu. Pervaneler kumları havalandırarak çöl semalarını yardı, ardından durdu.

Marilyn çantasını sırtına attı ve helikoptere doğru yürümeye başladı. Ben de onu takip ettim.

Kabine bindi ve daha önce helikopter tecrübesi varmış gibi arkaya oturdu. Pilot oturmam için yanındaki koltuğu işaret etti ve kulaklarımı koruması için bana bir kulaklık uzattı. Marilyn öne eğildi, buruşuk elini pilotun omzuna koydu ve sıktı. Pilot da eldivenli elini onun elinin üzerine koyarak karşılık verdi.

"Ben Conrad," dedi gülümseyerek. "Hazır mıyız?"

Daha ben yanıt veremeden, pervaneler beklediğimden çok daha büyük bir gümbürtüyle kükredi. Helikopter havalanırken, bir adrenalin dalgasının vücudumu sardığını hissettim. Canlanmıştım. Sanki biri beni komadan uyandırıyordu.

Kanyonların ve dev beyaz dağların üzerinde süzüldük. Uzun kahverengi çölleri aştık ve aşağıdaki hayvan sürülerini izledik. Doğuya yöneldik. Gerçi nereye gittiğimiz umurumda değildi, bu yolculuktan hiçbir beklentim yoktu.

Bir saat kadar sonra, Conrad ıssız bir havaalanına ineceğimizi söyledi. Burada, yolculuğun geri kalanını tamamlamak için onun Cessna tipi küçük uçağına binecektik. Ona, New York'a vardığımızda onlardan ayrılıp kendi yoluma gideceğimi söyledim.

Bulutların üzerinde ilerlerken, zaman zaman onu hissedebildiğimi fark ettim ve ebediyet ufkunda geçmiş, şimdiki zaman ve gelecek arasında bir farklılık olup olmadığını merak ettim. Boo bu dünyada dört kısa yıl kalabilmişti, ama ruhu bundan çok daha eskiydi. Sanki onu bir yaşamda değil de, birkaç yaşamda tanıyormuş gibi hissediyordum.

Lacy ve ben daha en başından birbirimize bağlanmıştık. Tanışıp fethettiğim diğer kadınlarla olduğu gibi değildi. Bu kez farklıydı, sanki ruhlarımız iç içe geçmişti.

Üç telli bir bağ kolay kolay kopmaz.

Helikopter ufka doğru ilerlerken, Orange County'deki psikologun dediklerini hatırladım. Bazı insanlar yaşamına koşullara bağlı olarak gelir, bazıları ise gelmek zorunda oldukları için. Onlar senin ruhun için var olurlar. Sana gönderilmişlerdir. Bir mesaj vermek için gönderilmişlerdir. Getirmek ya da götürmek için.

Bulutların arasında helikopteri rahat bir şekilde idare eden Conrad'a baktım. O, benim imrendiğim tipte bir adamdı, herkesin öyle olmak isteyeceği türden, hem kadınları hem de erkekleri kendine çeken James Bond tipinde biri. O anda bana üniversiteden eski bir arkadaşımı hatırlattı. Adı Jason'dı ve onun da kare bir çenesi ve haşin yüz hatları vardı. Bir ilişkiye başlar, sonra karşısına çıkan herhangi bir kadınla bir sonrakine geçerdi.

Onu en son gördüğümde ikinci kez boşanmıştı ve bir başka ilişkiye doğru ilerliyordu. Yakışıklı bir adam olduğundan, coğrafi koşullara ya da hayatında biri olup olmadığına bağlı olarak birçok kadın gelir ve giderdi, ama hiçbiri bir seçim değildi.

Ona, rahatlığın mutluluğun düşmanı olduğuna dair teorimden bahsetmiştim. İnsanı devam ettirmek yerine, olduğu noktada bırakıyordu. Jason kadınların bir kavanoz içindeki sakız topları gibi olduğunu söylemişti. Cam kavanoz içinde önce birini, sonra diğerini bulursun. Bir çeyreklik atar, bir tane alırsın. Bir süre sonra çiğnemekten sıkılırsın ve diğerine geçmen kaçınılmazdır.

"Kalbini dinlemelisin," demiştim ona, "uygun ve doğru zamanda doğru yerde olan birini seçmek marifet değil. Onu görmek için Dubai'ye bile gitmen gerekse, yine de birlikte olacağın birini seçmelisin. Ancak o zaman kalbin özüne dönecek."

"Bu, sırf süt alman gerekiyor diye tezgahın önünde duran, son tüketim tarihi geçmiş bir sütü almakla, gerçekten istediğin organik sütü almak için başka bir markete gitmek arasındaki fark gibi."

Lacy hiçbir zaman kolay olmadı. Ama değerdi. Bizler karanlığa çekilen ışık, ışığa çekilen karanlık gibiydik. Madalyonun iki yüzü gibi. Geçmişinden dolayı ruh hali çabuk değişirdi. Trajik bir çocukluk yaşamıştı ve bir yetişkin olduğunda o anılardan sıyrılamadı. Bazen gündüzdü, bazen gece.

Gün ve gece aynı 24 saat içindedir.

❋

Helikopter, ıssız kahverengi bir arazi üzerindeki küçük bir piste doğru iniş yaptı. Kulaklıktan müzik geliyordu. Rush'ın eski bir şarkısıydı.

Otuz yıl önce, sözcükler nasıl da akardı
Tutkulu ve açık,
Oysa şimdi düşünceleri karanlık ve soluk,
Hastalık ve kararsızlığın pençesinde.

Bazıları dünyayı yerinden oynatmak için doğar,
Hayallerini yaşamak için,
Ama çoğumuz sadece hayal ederiz
Olmak istediğimiz şeyleri.

C.S. Lewis bir keresinde yası uzun bir vadiye benzetmiş ve bazen bu vadinin dairesel bir hendek olup olmadığını merak ettiğini yazmıştı.

Conrad helikopteri nazikçe piste indirdi ve eşyalarımızı alıp hangarın içinde Cessna'nın yolculuğun geri kalanı için hazırlanmasını bekledik. Küçük uçağa bindiğimizde Marilyn öyle hayat doluydu ki –gözleri kocaman açılmıştı- onun ölmekte olduğunu düşünmek imkansızdı.

Oğlu küçük uçağı piste doğru sürdü ve gökyüzüne havalandırdı. Bir önceki uçuştan tamamen farklı bir duyguyla süzülerek, kanım bu kez yatay olarak harekete geçti. Farklı bölgelerin üzerinden sessizce ilerledik.

Sonunda yeşillikler ve binlerce ağaçla dolup taşan dağlık bir bölgenin ortasında bir havaalanı gördüm. Alçaldık ve küçük piste dokunduk.

Conrad kaskını çıkarıp bana döndü. Gözleri maviydi.

"New York'a hoş geldin!" dedi.

3. Bölüm

FIRTINA

Kisaca burada, bu ormanda yaşayacaksın...
- Araf

Akşamüzeri saat üçte, bir rüya ile uyandım ve bir süre yatakta oturup pencereden dışarı baktım. Bir fırtına yaklaşıyordu ve ben yere yatan ağaçları izlerken, içlerinden biri kırılacak mı diye merak ettim.

Adirondacks'ın merkezine inmiştik ve havaalanı çalışanlarından birine bir motel tavsiye etmesini istediğimde, tek bir motel bildiğini söyledi. Uzakta ve bir gölün kenarındaydı.

Oraya ulaşmanın biraz zor olduğunu söylemişti, ama kar yağmadıkça sorun olmayacaktı. Otelin sahibi amcasıydı, anahtar paspasın altındaydı ve bekçi sabah uğrayıp ısınmak için odun getirecekti.

Marilyn, Conrad ve ben, küçük Adirondacks havaalanında durmuş, eski dostlar gibi birbirimize sarılmıştık. İnsanlar uçup giden ruhlar gibi çabucak dağılmıştı. Başka havaalanlarında valizlerini almak için yarattıkları kargaşa burada yoktu. Ve o anda zaman durdu. Onları bir daha görmeyeceğimi fark ettim. Ne geçmiş ne gelecek vardı. Sadece o an.

Birimiz koptuk ve ardından hepimiz bebekler gibi ağlamaya başladık. Sanki bir barajın kapakları açılmıştı.

Söylediği son sözler beynime kazındı, Boo'nun ve sonra Lacy'nin son sözlerinin hemen altına. Artık bir liste tutuyordum, son sözlerden oluşan bir kayıt cihazı gibi.

Seni seviyorum babacığım.

Güzel kızımız nasıl?

Ve sonra orada, o havaalanında dururken...

"Yaşamak için önlerinde uzun yıllar olan bazı insanlar, aslında çoktan ölmüştür, Jonathan. Şu anda ben kendimi hiç olmadığım kadar canlı hissediyorum. Canlı ol, Jonathan, o yürüyen ölülerden biri olma. Bu tür dersler öğretilmez; kişinin kendi içindeki gerçeği bulma mücadelesinden doğarlar."

Havaalanından bindiğimiz taksi, bizi en yakın motele on beş kilometre kala indirdi. Yol, bir dizi uzun akça ağacın arasından ormana kıvrılıyor, çakıllı bir yolda son buluyordu.

Motel beklediğimden iyi çıktı. Taşlı bir yoldan kapıya ulaştım. Etrafında rengarenk çiçeklerle dolu küçük bir bahçe vardı. Her yer beyaz çamlarla doluydu ve etrafta tam bir sessizlik hakimdi.

Dışarısı geleneksel bir şekilde kütükle kaplanmış ve kapı elma şekeri kırmızısına boyanmıştı. Kapının üzerinde el işi ahşap bir levha asılıydı.

Lasciate ogne speranza, voi ch' intrate.

Üzerinde gülümseyen bir surat olan kahverengi paspasın altından anahtarı aldım, kilide soktum ve bir zamanlar Lacy'ye aldığım, "Kusursuz Bir Günün Sonu" adlı Thomas Kinkade tablosuna benzeyen, küçük bir açıklığa girdim. Bakır bir çatı ve tüten bir soba vardı. Arka pencereden, bir gölün kenarında ilerleyen bir kano görünüyordu.

Çölde hissetmediğim bir huzur hissettim.

⁂

Ahşap zemin üzerinde yürüdüm. Çıplak ayaklarımın altındaki hamlığı hissettim.

Güzel kızımız nasıl?

Daha önce buraya geldiğimi hissettim, ama bunu, yıllar önce büyükbabamın göl kenarındaki evine gittiğimde duyduğum rahatlığa yordum.

Seni seviyorum, babacığım.

Bazı şeyler sonsuza dek DNA'nızda kalır. Kapıyı açtım ve tekrar dışarı çıkıp küçük ahşap bir verandaya çıktım. Bazı ağaçlar dimdik dururken, diğerlerinin yere yatışını izledim. Tıpkı insanlar gibi, her biri rüzgarın hareketiyle farklı kımıldıyordu.

Canlı ol, Jonathan.

Sallanan sandalyeye oturdum ve yüzlerce yıl önce aynı şeyi yapan insanları hayal ettim. Hepimizin tek bir ebedi bağ gibi aldığımız yaşamları ve mesajları düşündüm. Küçükken büyükbabamla ava çıkmayı ve balık tutmayı seven kardeşimi düşündüm. Bense bir geyik öldürmenin düşüncesini kaldıramayarak gölde taş sektirmekle yetinirdim.

Onu aramayı düşündüm, ama telefon yoktu. Ve olsaydı bile, ne diyecektim ki? Şimdi her şey farklıydı. Kaçmak istememi anlamayacaktı. Beni eve dönmeye, bu yeni yolculuktan vazgeçmeye, olağandışı var oluşumun normalliğine döndürmeye çalışacaktı.

Ama geri dönmem için ne sebep vardı ki?

Akşamüzeri saat dördü geçiyordu ki sandalyede uyuyakaldım. Uyandığımda hava kararmıştı ve ağaçların arasından rüzgar uğulduyordu. Yapacak çok şeyim vardı, yapamıyordum. Söyleyecek çok şeyim vardı, söyleyemiyordum. Hissedecek çok şeyim vardı, hissedemiyordum. California'daki psikolog, benim "dorsal vagal kapanma" yaşadığımı söylemişti. Daha anlaşılır terimlerle, donmuş, hareketsiz kalmıştım. Söylediğine göre bunun yanıtı, başka insanlarla iletişim kurup zaman geçirerek, ventral vagus siniri aracılığıyla sosyalleşmekti.

Anlaşılan herkesin bir yanıtı vardı.

Hıristiyan arkadaşım Bob bana, yalnızlığın şeytanın aracı olduğunu söylemişti. Yani her ne kadar bir armağan gibi görünse de, aslında içimize kapandığımızda, kendimizi yaşamdan koparıp bağımızı kestiğimizde bir lanete dönüşebiliyordu. Düşmanların duygularınıza sadece, siz yalnız kaldıktan sonra erişebildiklerini söylemişti. Bu tüm zamanların en büyük savaş generalleri tarafından kullanılan bir stratejiydi. Yalnız bırak, sonra da alt et.

"Ne kadar kalacaksın?"

Ses beni kendime getirdi. Dönüp baktım.

Adam topallayarak yürüyordu. Bir bacağı diğerinden kısaydı. Ve üzerinde incecik bir gömlek ile kot pantolonunun üzerine giydiği yüksek lastik botlar vardı. Arada bir soluklanmak için durarak verandaya doğru yürürken ağırlığını sağlam olan bacağına veriyor gibiydi.

"Ben de seni bekliyordum," dedi kapıya yaklaşırken. Elinde, ucu çamurla kaplı uzun bir kürek vardı.

"Gerçekten mi? Ama ben..." Henüz gelmiş olduğumu, oraya gideceğimi bilmesinin mümkün olmadığını söylemek üzereydim. Çünkü bunu ben bile bilmiyordum. Ama enerjim tükendi. Daha fazla açıklama yapamayacaktım. Anlaşılan bekçi oydu. Odun bırakacak, bir şeyler küreyecek ve sonra gidecekti.

"Odunlar kamyonda," dedi, "ocağa koymak için."

"Tamamdır," dedim.

Verandanın diğer yanından bir sandalye çekti ve yavaş, zahmetli bir şekilde sürükledi. Ona yardım etmeyi düşündüm, ama bacağındaki probleme rağmen sıkıntı çekmiyor gibi görünüyordu. Onun yıllardır orada olduğunu düşündüm. Büyük olasılıkla bu kulübenin ve etrafındaki engin arazinin sahibi olan zengin ve yardımsever bir baronun yanında çalışıyordu. Bu arazi, en azından dört milyon dolar eder, diye düşündüm.

"Adım Peter," diyerek oturdu ve elini uzattı. "Aziz Peter'dan. Ya da Büyük Peter. Sen seç." Güldü. "Çok kalacak mısın?" Tam olarak anlayamadığım tuhaf bir aksanı vardı.

"Bilmiyorum, Peter."

"Ne demek bilmiyorum?"

"Bir ay da kalabilirim. Bir yıl da."

"O zaman beş gün falan," dedi ve saatine baktı.

Merakla onu inceledim.

"Beş gün sonra gelecek bir başka misafirin mi var?"

"Hayır."

Ardından yavaşça ayağa kalktı ve kulübeye girdi. Açık kapıdan mutfağa yürüdüğünü ve bir dolabı açtığını gördüm. Dolabın içinde birkaç konserve yemek ve bir el feneri vardı. Bir şeye uzandı, sonra bana döndü.

"Dolapta biraz Jack saklıyorum," dedi. "İçer misin?"

Başımı iki yana salladım. 91 yılından beri içmemiştim. Bir arkadaşımın doğum günü partisinden sonra arabamı ağaca yapıştırmıştım. Alkolik değildim, ama o kazada alkolik olmaya birkaç adım kaldığını fark etmiştim. Bir şey olmakla o şey olmamanın çok net bir çizgiyle ayrılabileceğini anlamıştım.

Yine de Peter büyük şişeden bana da bir kadeh Jack Daniel's koydu. Kadehi bana uzattı, aldım ve sert kuru içkiyi bir yudumda içtim.

"Jack Daniel's efsanevi bir şirket," dedi sandalyeye otururken. "Kurucusu içki fabrikası sayesinde küçük bir kasabayı kurtardı. Ürettiği ilk şişe, iki dolardan az bir fiyata satıldı."

"Bulmaca meraklısı mısın?" diye sordum.

"Hayatım boyunca hep öğrenci oldum," dedi "ve öğrenebileceğim her şeyi bilmek isterim." Bana bir kadeh daha doldurdu ve bunu da, boğazımı yaktığını hissederek hızla içtim.

"Yani yaptığın iş bu mu? Burada, ormanda oturup Jack Daniel's mı içersin?"

Ne yanıt vereceğini düşünüyormuş gibi baktı.

"Bazen kusursuz bir günü sonlandırmanın en iyi yoludur," dedi.

Ona baktım ve merak ettim. Bu yolculuk giderek gerçeküstü bir hal almaya başlamıştı. Başlarda, nereye gittiğimi bilmiyordum. Daha önce hiç gitmediğim bir yere bilet almış, kilometrelerce yürümüş ve çölde bir aydan az bir ömrü kalan bir kadınla tanışmıştım. Şimdi, ülkenin diğer ucunda, bir kulübede tamamen farklı biriyleydim.

Yarın nerede olacaktım?

Tüm bunları görmezden gelmek güçtü.

"Yüzündeki yara için bir şey ister misin?" diye sordu.

Başımı salladım ve gayri ihtiyari elimi yüzüme götürdüm.

"Sağ ol," dedim. "Burayla sen mi ilgileniyorsun?" diye sordum.

Peter başıyla onayladı. Arkasına yaslandı ve biraz gayretle, lastik botlarını verandanın tırabzanlarına uzattı.

"Resmi olarak nasıl giriş yapabileceğimi biliyor musun?" diye sordum. "Yani anahtarı paspasın altına bıraktıklarını biliyorum, ama herhalde kredi kartı falan isteyeceklerdir."

"Buradan ayrılırken isteyeceğiz," dedi. "Burada bu konularda rahat davranırız."

"Tamam, o zaman," dedim. "Nerelisin?"

"İtalya, aslen. Ailem İtalyan göçmeniydi, ama ben taşrada bir yetimhanede büyüdüm. Burayı, vahşi doğayı seviyorum. Bazen ıssız oluyor, ama sessiz olduğu kesin."

"Evli misin?"

Başını salladı. "Ah hayır, bana göre değil."

"Kış mevsiminde buralarda çalışmak zor oluyor mu, kar yüzünden?" diye sordum. "Sahipleri bir sürü konuk ağırlıyor mu?"

"Buranın sahibi benim," dedi.

Ona baktım ve güldüm.

"Evet... tabii."

Omuz silkti ve bir kadeh Jack daha koydu. Sonra merakla bana baktı.

"Neden inanmıyorsun?"

Kadehimi uzattım, bana da bir tane doldurdu. İçtim ve yine sordum.

"Gerçekten burası senin mi?"

Peter başını salladı.

"Peşin hüküm verme konusunda iyisin, değil mi?" dedi.

"Sadece buranın senin olup olmadığını sordum," diyerek itiraz ettim.

"Evet, ama sen, benim gibi alelade birinin MBA derecesi olabileceğini ve New York'un en pahalı bölgelerinden birinde milyonlarca dolarlık bir araziye sahip olabileceğine inanamıyor gibisin."

"MBA derecen mi var?"

"Elbette var," dedi. "Şans eseri, aslında. Yaşamımda kötü bir dönemdi, ne olmak istediğimi bilmediğim bir zaman. Kendimi bulmak için okula döndüm."

"Buldun mu, peki?"

"Buldum. Ama MBA'in bununla bir ilgisi yoktu. Bana sorarsan büyük bir zaman kaybıydı. Dağların ortasındaki bu araziyi buldum ve buraya inşaat yapmak istediğimi anladım. Önce beş kulübe inşa ettim.

Ardından on. Şimdi seksen hektarlık alanda on yedi kulübem var. Milyonlar değerinde."

"Vay canına." Tüm bunları yapmak için gereken riski, cesareti ve kararlılığı düşündüm.

"Beni buraya getiren pek çok tesadüf oldu, elbette. Önceden sadece dağları hayal ederdim. Ama zaman içinde bana ilham veren insanlarla tanıştım."

Bana baktı.

"Evlat, hepimize gönderilen insanlar vardır. Melekler, bilirsin işte. Hepimizin hayatında var onlardan."

"Öyle mi diyorsun?" Sesimdeki şüpheyi duyup duymadığını merak ettim.

Başıyla onayladı. "Koruyucu melekler."

Güldüm. "Buna gerçekten inanıyor musun?" Başımı salladım. "Ben bu metafiziksel olaylara inanmıyorum."

"Yani sen aslında, gözünün görmediği şeylere inanmadığını söylüyorsun."

Omuz silktim. Artık hiçbir şeyden emin değildim. Dürüst olmak gerekirse, açıklanması mümkün olmayan şeyler vardı. Her türlü mantığı altüst ederek gerçekleşen şeyler.

Kazadan birkaç gün önce uyarılmıştım. Sanki ruhumda fırtınalar kopuyormuşçasına huzursuzdum.

Blackberry'min notlar kısmına, *Bir gün izin al ve o günü Boo ile geçir*, yazmıştım. *Bu an sahip olduğun tek şey.*

Bunu yaptığım sırada Boo yan odada uyuyordu ve ben farkına varamadan bir gün daha bitmişti. Şansımı kaçırmıştım. Hiç izin almadım.

Onun dört yıllık ömründe, bir gün bile izin almadım.

Şimdi, birlikteydik, ama değildik de.

"Peter, göründüğün gibi değilsin," dedim.

"Jonathan, Adirondacks'e hoş geldin. Bir süre kal. Giderken kendini daha iyi hissedeceksin."

4. Bölüm

KAVŞAK

Bir anda yok olup gittiler.

Taylorlar, alevler içinde öylece.

Haberi aldıktan hemen sonra o kavşağa gittim ve yolun kenarından olup biteni izledim. Sağlık görevlileri aracın etrafını sarmıştı. Boo'yu bulma telaşıyla pencereden içeri atladım. Alevler paçalarımı sarıyor, ateş gömleğimin kumaşını yakıp küle çeviriyordu.

Lacy çoktan gitmişti. Ambulans onu götürmüştü.

Biri, belki de bir sağlık görevlisi, beni Ford Explorer'ın penceresinden çıkarmak için itti ya da çekti, bilmiyorum, belki ikisi de. Beni kollarımdan tutup cam kırıklarının ve alevlerin arasından çekerlerken, gövdem aracın diğer yanında bulunan pencereden dışarı kaydı.

Kanlı yüzüm kaldırıma çarptı ve cam kırıkları yanağıma girdi. Gri ve siyah renkteki duman gözlerimi yakıyordu.

Arkamı döndüm ve ön camda duran futbol topu çıkartmasının eridiğini gördüm.

Yerde bir sırt çantası mı vardı?

Ya tökezleyen bir adam?

Her iki araç da siyahtı, eriyen metalle yapışıp bir olmuş gibi.

Her şey bittiğinde, bir hastane odasında uyandım. Panik oldum. Canım acıyordu. Yüzüm ve kollarım kan içindeydi ve o anda, oradan kurtulmak için oyun oynamam gerektiğini anladım.

"Kendinizi nasıl hissediyorsunuz, Bay Taylor?"

Bir grup doktor yatağın etrafını sardı. Bir hemşire elimi tutu, ama yüzündeki şefkat ve merhamet ifadesi her şeyi açıklıyordu.

İkisi de gitmişti.

"Uyuşmuşum," dedim ve çığlık atmamak için kendime hakim oldum. "Ama iyiyim." Bu kısmı doğru değildi.

Bir hafta sonra polis raporu geldi. Bir görgü tanığı vardı; o gün gördüklerini asla unutamayacağını söyleyen elli yaşlarında bir kadın. Siyah bir kamyonet, Lacy durmayı unuttuktan sonra Explorer'a yandan çarpmıştı.

Unuttuktan sonra mı? Rapordaki satırları tekrar okudum ve doğru olamayacağını düşündüm.

Unutmak? Görgü tanığı, çarpışmadan sonra bile, araba tepetaklak olmuşken, sürücünün arka koltuğa uzandığını ve kızının emniyet kemerini açmak için debelendiğini söylemişti. Sağlık görevlileri Lacy'yi kurtarmaya çalışırken bile, o Boo'yu kurtarmaya çalışmıştı.

Okumaya devam ettim.

Sağlık görevlileri gelip sürücüyü Ford Explorer'ın içinden çıkarmaya çalıştıklarında, sürücü aracın kapılarını kilitledi. Alevler aracı sararken, o aracın arka koltuğundaki kızını kurtarmak için çabaladı.

Cesur anne, güzel kızını orada bırakamazdı.
Taylorlar, bir anda yok olmuşlardı.

Kulübedeki ikinci günümde, dolapta biraz çekilmiş kahve, bir kutu krema, biraz da Lacy'nin sevdiği vanilya aromasından buldum. Kahve makinesini nasıl çalıştıracağımı çözdüm ve kısa süre sonra çıplak ayaklarımla verandaya çıkıp güneşinin doğuşunu izlemeye başladım.

Çimler ıslaktı ve bahçedeki çam ağaçlarında üç sincap oynuyor ya da itişiyordu. Biri hızla koştu, bir akrobat gibi dalların üzerinde sekip sallandı. Diğerleri de yakın takipteydi. Gökyüzünde, bir ağaçtan diğerine geçtiler, ardından bir ağacın gövdesinden yere, neredeyse çarpışarak indiler.

Ben üzerimde şortum ve tişörtüm ile öylece durdum ve kahve bardağımın sıcaklığını avucumda hissettim. Orman hoş seslerle yankılanıyor, hayat buluyordu. Bir grup kurbağa, kulübenin arkasındaki gölün kenarından birbirlerine seslenip durdular. Her köşeden kuş sesleri yükseliyordu. Tekrar içeri girmek üzere arkamı döndüm, ama orada, verandada öylece kalakaldım. Kapının üzerinde yazıya baktım.

Lasciate ogne speranza, voi ch' intrate.

Latince miydi? Yoksa İtalyanca mı? Ne anlama geliyordu?

Evde olsaydım, o anda Google'a bakıp anlamını öğrenebilirdim.

Bir süre düşündüm, sonra içeri girdim, yolculuk için yanıma aldığım pantolonumu ve kirli tişörtümü giydim. Kalın çoraplarımın üzerine yürüyüş botlarımı giydim ve kulübenin etrafından dolanıp suya doğru yürüdüm. Zemin ıslak ve kaygandı ve kano, küçük bir barakanın yakınlarında, gölün hemen kenarında ters duruyordu.

Oraya doğru yürüdüm ve içeri baktığımda, sundurma bir rıhtıma iplerle bağlı iki kano daha gördüm. Suyun üzerinde asılı duran ahşap tahtaların üzerine çıktım ve iskelede yürüyüp bana en yakın kanonun iplerini çözmek üzere yere eğildim. Kanonun içinde iki turuncu can kurtarma yeleği, kürekler ve bir adet boş kola kutusu vardı. Düğümü çözene kadar bir süre uğraştım, sonra da kanoyu kendime doğru çekip içine bindim. Ben sabit durmaya çalışırken kano sola, sonra sağa yattı ve sonunda dengemi buldum.

Oturdum, kürekleri suya indirdim ve kürek çekmeye başladım. Kollarım bir daire çizdi, ardından bir tane daha, ta ki ben ritmi yakalayana kadar. Pürüzsüz bir şekilde çektim, *bir, iki, üç*, her kusursuz dairede sessizce saydım. Omuzlarımın güçlendiğini hissettim ve taze dağ havasını içime çektim.

Vücudunu hareket ettir. Duyularını kullan.

Canlı ol, Jonathan.

Beş dakika kürek çektim, ardından kürekleri sudan çekip kanoyu suyun akışına bıraktım... camın üzerindeki bir dansçı gibi. Tekrar gölün ortasına gelene dek kürek çekmeyi sürdürdüm, sonra sessizce oturup yukarı, gökyüzüne, ardından suya baktım.

Hiçlik. Sadece sükunet.

Hiçbir düşünce, hiçbir endişe olmadan. Sadece su ve gökyüzü.

Tişörtümü çıkardım, hiç düşünmeden suya daldım ve coşkulu bir şekilde suyun yüzeyine çıktım! Suyun altında ne olduğu umurumda değildi. Suyun üzerinde, vücudumu geriye doğru yatırıp sırtımı esnettim, kollarım başımın tepesinde. Kano uzaklaşana kadar orada öylece kaldım ve sonra gölün derinliklerine daldım, bir balık gibi kanoya doğru yüzdüm ve kenarına tutundum. Kendimi yukarı çektim ve güneşin altında, gözlerim kapalı, kanonun ortasına uzandım.

Bir saat kadar sonra, ne kadar uzaklaştığımı görmek için kıyıya baktım. Uzakta bir nokta gördüm, ama o kadar uzaklaşmıştım ki ne olduğunu anlayamadım. Bir insanın gölgesi gibi görünüyordu, ama hareketsizdi. Bir ağaç olabilir miydi?

Aniden ağaç eğildi ve daha önce Peter'ın yürüdüğü şekilde ilerledi. Bu noktanın o olduğunu anladım. Ora da, beni izliyordu.

Tekrar kürek çekmeye başladım ve aklım polis raporuna gitti. Düşündüğüm, iki sayfalık görgü tanığı ifadesindeki son keşifti, bağışlayamadığım tek şey. Yirmi bir yıllık komiser muavininin, sonsuza dek işime işlenen kaza raporuna not ettiği son şeydi.

Bağışlamak imkansız olacaktı.

"Sürücünün telefon kayıtları, Bayan Lacy Taylor'ın telefonundan tam kaza anında, 12.01'de bir mesaj

gönderildiğini gösteriyor."

Bağışlamak imkansız olacaktı.

Gölün etrafında iki saat daha kürek çektim ve karşımdaki güzelliğe rağmen, kendimi en az önceki kadar boş hissederek, hiçbir şey düşünmedim. Son aylarda birkaç saniye –dakika ya da saat değil, sadece saniye– normale dönüyordum. Ama her seferinde gerçekleri hatırlıyor ve aynı çaresizliğe kapılıyordum. Artık hiçbir şey eskisi gibi olmayacaktı.

Sabah kesintisiz ve nadiren yaşadığım bir uyku gecesinden uyanmış ve uyanır uyanmaz, bu yeni yaşamda yapayalnız kaldığımı fark etmiştim.

Bazen, beş saniye yaşamınızı sonsuza dek değiştirebilir.

Önce gölün uzak bir kenarındaki sahil şeridi boyunca uzanan kalın sazlıklara, ardından aynı hızla gölün ortasına doğru kürek çekmeyi sürdürdüm. Kanonun içinde sırtüstü uzandım ve Ekim güneşini yüzümde hissettim. Sabah hava serindi, ama öğlen olduğunda, hava bir yaz günü kadar ısınmıştı.

Sonunda, aynı ritimle diğer uçtaki iskeleye doğru kürek çektim. Oraya vardığımda, Peter beni bekliyordu, tıpkı yıllar önce büyükbabamın yaptığı gibi başını iki yana sallayarak.

"Boğulmuş bir sıçan gibi görünüyorsun," dedi. "Sen delirdin mi? Göle botlarla atlanır mı? Kurumaları günler alacak." Yere doğru eğildi ve halata hareketli bir düğüm atıp kanoyu şamandıraların yanındaki rıhtıma bağladı.

"Bir şeye ihtiyacın var mı?" diye sordu. Şaşkın bir halde başını iki yana sallamaya devam ediyordu.

Gülümsedim. "Hayır, gayet iyiyim Peter, teşekkürler."

Biraz yalnız kalsam fena olmaz, diye düşündüm. Senin beni kontrol etmediğin bir gün iyi olurdu.

"Peter değil," dedi. "Bana Pete de." Gitmek üzere arkasını döndü, sağlam bacağını toprağa bastı ve elinin yardımıyla diğer bacağını hareket ettirip sağlam bacağı üzerinde hafifçe döndü. Yokuşu çıkıp eski kamyonetine doğru yürümeye başladı. Aracın yanına varıp kapıyı açana kadar yavaş yavaş yürüyüşünü izledim.

"Bekle," diye bağırıp ona doğru koşmaya başladım. "Bir sorum var." Eski kamyonetin yanına vardığımda, nefesim kesilmişti.

"Kapının üzerinde ne yazıyor?" diye sordum. "Kulübenin kapısında." O anda bilmek istediğim tek şey buydu.

Pete yere baktı. "Ah, fark ettin demek."

Başımı salladım.

"O Dante'nin," dedi. "Ünlü İtalyan şair."

"Ne anlama geliyor?"

Bir adım geri gitti ve destek almak için kamyonetin kapısına yaslandı. Kapının menteşeleri gıcırdadı. Pete derin bir nefes aldı.

"Bu, 'Ey insan! Bu kapıdan girerken tüm umutlarını geride bırak,' demek," dedi yavaşça.

Sadece baktım.

"Harika," dedim alaycı bir şekilde. "Çok anlamlı."

"Ne?"

"Bir kulübe için ne saçma bir mesaj bu?"

"Ah, o kadar mahzun görünme," dedi Pete. "Sonuçta Bates motelde falan kalmıyorsun."

"Öyle bile olsa, ormanın içindeki bir kulübe için nasıl bir yazı bu? Tüm kulübelerinin kapılarının üzerinde lanet mesajları mı var? Konuklarını böyle mi karşılıyorsun?"

Pete güldü ve bacağını hafif ileri uzatarak eliyle ovdu. "Oh, sen bir baykuşsun," dedi alaycı bir tavırla. "Hayır. Sadece bunda var."

"Neden?"

"Amma soru soruyorsun," diye karşılık verdi.

"Sadece bir tatil yerindeki kapının üzerine asmak için garip bir yazı gibi geldi bana."

"Eh, sanırım öyle," Pete kabul etti. "Bu çok meşhur bir söz, Jonathan. Dante bunu *terza rima* formunda yazdı, üçer mısralık bentlerle yazılan bir nazım şekli. İtalyan hükümeti tarafından sürgüne gönderilmişti ve tecrit edildiği bu dönemde, *İlahi Komedya*'yı yazdı. Bir adamın yaşamında yönünü kaybedişini anlatıyor. Kitapta, gezgin ormanda bir şairin ruhuyla karşılaşır. Virgil adındaki bu ruh, onu cehennemin kapılarına kadar götürür. İşte bu yazı tam burada belirir."

"Hala anlamadım."

"Neyi anlamadın?" diye sordu.

"Neden bu sözü kapının üzerine koymaya karar verdiğini anlamadım. Bu yerin doğasına tamamen aykırı gibi görünüyor."

"Her zaman bir şeyleri 'anlamamız' gerekmez, Jonathan. Bazen yaşamda gizem vardır ve bilmemeyi kabul etmemiz gerekir."

"Ama konukların..."

Pete sözümü kesti.

"Evlat, bacağım yoruldu. Sadece kısa bir süre ayakta durabiliyorum. Otursam sorun olur mu?" Açık kapıdan arkaya doğru tırmanıp yırtık deri koltuğun üzerine oturdu ve devam etti. "Buraya gelen konuklar, yaşamlarında bir tür kavşakta olurlar. Özellikle bu kulübenin ne özelliği var, bilmiyorum. Ama doğru. Buraya gelenler, yaşamlarında çok belirleyici bir an yaşamışlardır. Bir şeylerin arayışı içinde olurlar. Bu süreçte, bu yolculuk sırasında, diğer taraftan çıkmak için cehennemden geçmek zorunda kalacaklar. Çoğu zaman bazı ıstırap verici anıları ya da yaşadıkları olayları dönüştürmek zorundadırlar, tekrar bir bütün olabilmek, ruhlarının tüm parçacıklarını bir araya getirebilmek için."

"Bu yazının amacı da bu. Kişi, gerekiyorsa umuttan vazgeçebilmeli ve bildiği her şeyi unutabilmeli. Bazen dönüşümün ardından gelen coşkuyu ve güzelliği bulmak için bir mevsimlik üzüntü gerekir. Bulunduğun noktadan, ihtiyacın olan noktaya gidebilmek için. O yazı, bu süreci ifade ediyor."

"İnsanlar buraya kaçmak ya da kendilerini bulmak için gelirler," diye bitirdi, "tıpkı senin yaptığın gibi."

"Benim hakkımda nasıl bu kadar şey biliyorsun?"

"Biliyorum işte."

"Ama ben sana bunları anlatmadım." Öfkelenmeli miyim, yoksa tırsmalı mı, bilemiyordum.

"Evrende sözcüklerden çok daha fazlası vardır, Jonathan. Göremediğimiz şeyler vardır. Yüzyıllar boyu, filozoflar ve bilim adamları beyni, ruhu, beden dilini ve yaydığımız bilinçaltı enerjiyi araştırdılar. Sözcükler her şey demek değildir."

"Hatta bazen sözcüklere hiç gerek yoktur."

5. Bölüm

PETE'İN KULÜBESİ

"Şimdi ne oluyorsa geçmişte de oldu ve ne olacaksa daha önce de olmuştur..."
- Ecclesiastes

Kulübedeki üçüncü günümde, güneş zorla pencerelerden içeri sızana kadar kaldım yatakta. Örtüler yumuşacıktı ve kuştüyü yorgan yepyeni kokuyor, göğsümün üzerinden vücudumu sarıyordu. Dört yastık vardı ve hepsini kullandım. Yataktan kalkmak güçtü, ama sonunda kalktığımda, ahşap zemini geçip mutfağa, kahve yapmaya gıttım ve sonra tekrar yatağa döndüm.

Hemen uyumuşum. Rüyamda kaza anını gördüm, hem de sanki orada duruyormuşum gibi gerçek ve yakından. Ama bu kez yolun kenarında bir adam yanıma geldi ve bana bir şey söyledi.

"Yarın, budalanın takvimindeki bir sözcüktür, Jonathan."

Saatler sonra uyandığımda rüyayı net bir şekilde hatırlıyordum. Kahve makinesi kapanmış ve kahve soğumuştu. Rüyamdaki adamın söylediklerini düşündüm ve ne anlam ifade ettiğini bulmaya çalıştım.

Kafamda bu düşüncelerle ön verandaya doğru yürüdüm ve etrafımı saran muhteşem güzellik karşısında hayrete düştüm. Her yerde altın rengi ağaçlar vardı. Adirondacks ormanlarının Yellowstone, Büyük Kanyon ve Yosemite'in tamamından daha büyük olduğunu duymuştum. Bolca ayı ve geyik olduğu bilinirdi ve bu vahşi doğaya gelen ilk yerleşimciler evlerini kendi elleriyle, ormanda buldukları ağaç gövdeleri, dallar ve taşlarla inşa etmişlerdi.

Derin derin nefes aldım ve ağaçları izledim, ardından dönüp bir kez daha kapının üzerinde asılı duran yazıya odaklandım.

Ey insan! Bu kapıdan girerken tüm umutlarını geride bırak.

Altı ay önce umudum vardı belki. Ama geçmişe dönüp baktığımda, yoksun olduğum başka şeyler de vardı. O zaman başarılı bir kariyeri olan, ama hiçbir amacı olmayan, kırk iki yaşında bir adamdım. Bazı günler kalkar ve işe gider, hava karardıktan sonra dönerdim. Çoktan uyudukları için Lacy ve Boo'yu görmezdim bile. Birlikte çalıştığım insanlar arkadaşlarım olmuştu, başka kimseye zamanım yoktu çünkü.

Para kazanmak için çalışmak yaşamdaki yegane amacım olmuştu, ama bunu hiç sorgulamamıştım.

Lasciate ogne speranza, voi ch' intrate.

Birisi –ve kim olduğunu tahmin edebiliyordum–

paspasın üzerine bir sepet kırmızı elma bırakmıştı. Bir tane alıp ısırdım. Sonra sepeti içeri alıp tezgahın üzerine koydum. Yatağa döndüm, elmamı bitirdim ve çöpünü odanın diğer köşesindeki çöp kutusuna attım, ilk atışta isabet ettirmiştim.

Bir kez daha uykuya daldım ve uyandığımda, ciddi bir depresyona sürüklendiğimi düşündüm. Kendi kendime güldüm, öylesine.

Daha kaç gün bu çaresizlik içinde kıvranacaktım?

Adirondacks'teki dördüncü günde, kapının gürültüsüne uyandım. Odadan çıkıp oturma odasına geldiğimde, pencereden Pete'in gölgesini görebiliyordum. Kapıyı tekrar çaldı.

Yavaşça eğildi, sonra arkasını dönüp topallayarak uzaklaştı.

Yatağa döndüm ve eski Chevy kamyonetinin çakıllı yoldan uzaklaşıp gözden kaybolmasını bekledim. Onu, başını iki yana sallayıp ağırladığı bu tuhaf konuk için endişelenirken hayal ettim.

Kendimi bir kez daha yataktan sürükledim, pencereye gittim ve ön verandada biraz odun ve bir sepet gördüm. Kapıyı açıp sepeti aldım. İçinde bir Neosporin merhem ve Pete'den bir not vardı.

Yüzündeki yara için. Kullan, daha çabuk iyileşecek.

Tüpü açıp parmağımın ucuna biraz sıktım ve yanağıma sürdüm. Kesik kısmen açıktı ve merhem canımı yaktı.

Yatağa döndüm.

Gecenin bir yarısı, içimde bir gümbürtüyle uyandım. Açlığı, kaslarımın gerildiğini hissetmek güzeldi. Hem vahşi doğada yiyecek bir şey olmadan hayatta kalmayı başaran insanları, hem de hazır yiyecekler olmadan bir gün bile hayatta kalamayanları düşündüm.

Yıllar önce doğada yaşayan, topraktan beslenen, elleriyle ağaçtan evler yapan, tırnakları toprak içinde ölülerini bahçeye gömen insanları düşündüm.

Sonra Boo'yu ve cenazeyi düşündüm. Eve girip çıkan ve havayı patates püresi, et ve tatlı kokularıyla dolduran yemekleri düşündüm. Öyle mide bulandırıcıydı ki yıllarca yemesem acıkmazdım.

Son Akşam Yemeği'nden önce, İsa onu ölüme götüren olayları öngörmüştü. Son Akşam Yemeği, olanları sonsuza dek nasıl hatırlayacağımızı simgeliyordu.

Bir yemek, bir kutlama, ölüm.

Ertesi gün ön verandada otururken, tanıdık bir motor sesi ve çakıl taşlarının gürültüsünü duydum. Kalkıp içeri kaçmayı düşünüyordum ki büyük kahverengi bir UPS kamyonu geldi. Şoför aracı kulübeye yanaştırdı, araçtan indi ve bana bir zarf uzattı.

"Peter J. Spinelli?"

"Şey... ben..." İtiraz etmeme fırsat kalmadan, bana bir kalem uzattı. "Burayı imzalayın," dedi. Elindeki kağıda ismimi karaladım. Gülümsedi, kamyonuna bindi ve uzaklaştı.

Birkaç dakika sonra Chevy kamyonetiyle Pete geldi. Sakat olan bacağını ön koltuktan alıp yere indirişini izledim ve sonra kamyonetten indi. Yavaş yavaş bana doğru ilerleyerek neşeli bir yüz ifadesiyle el salladı.

"Postamız mı var?" diye sordu. "Kamyoneti gördüm."

Başımı salladım ve paketi ona uzattım.

"Üç yıldır hiç posta gelmemişti," dedi.

"Gerçekten mi? Üç yıldır hiçbir şey gelmedi mi?"

"Pek ihtiyaç olmuyor," deyip zarfı açtı. "Postayı almak ve burada ihtiyacım olan her şeyi temin etmek için kasabaya iniyorum."

Oturdum ve sallanan sandalyeden onu izledim. Sandalye verandanın üzerinde ileri geri sallandı, yaşlı ayakları Pete'inkiler gibi, yavaş, ama kendinden emin.

Birden yüzünün rengi değişti.

"Ne oldu?" diye sordum sabırsızca. Sanki orada olduğumu unutmuş gibi sarsıldı. Sonra dönüp bana baktı.

"Burada öz annemin öldüğü yazıyor. Vasiyetini uygulayan memurdan gelmiş."

"Ama... ben... Yetimhane'de büyüdüğünü söylemiştin," dedim. "Seni nasıl buldular?"

Pete başını salladı. Gözleri dolmuştu.

"Bilmiyorum," dedi. "Bilmiyorum." Sonra elindeki kağıda bakarak sessiz bir şekilde oturdu. Tuhaf bir şekilde tedirgin oldum. Normalde susmak bilmezdi.

"Paket nereden gelmiş?" diye sordum. Boşluğu doldurmaya çalışıyordum.

"İtalya. Üç gün içinde orada olmam gerektiği yazıyor. Uçağa atlayıp gitmeli ve Roma'da bir duruşmaya katılmam gerek." Sonra dönüp tekrar bana baktı. Yüzünde tuhaf bir ifade vardı. "Gelmek ister misin?"

"Tabii, bu çok komik." İçeri girmek için ayağa kalktım.

"Hayır, gerçekten. Gelmek ister misin?"

Döndüm ve ona baktım. Gözleri tekrar doldu.

"Yalnız gidebileceğimi sanmıyorum, yani sakat bacağım falan. Ama gitmeliyim. Onun kim olduğunu öğrenmek için gitmeliyim."

Gözlerimi kapadım.

"Ah, Pete. Böyle bir yolculuğa çıkmak için param yok. Bu imkansız bir istek."

"İmkansız mı?"

"İmkansız."

Bir süre sessizce oturduk.

"Şu söylediğini bir düşün," dedi Pete. "İmkansız. *Hiçbir şey* imkansız değildir. Yapma lütfen. Ben zenginim. *Tonlarca* param var. Ve senin de tonlarca zamanın. Benimle gelebilir, bu yolculukta bana yardımcı olabilir, çantalarımı taşıyabilir, sonra da kendi yoluna gidebilirsin."

Ayağa kalktı ve içeri girdi. Elinde Jack Daniel's şişesiyle döndü.

"Belki bu seni ikna eder?"

Başımı salladım ve ayaklarımı kaldırıp ahşap tırabzanlara dayadım.

"Olmaz Pete. İtalya'ya gitmeme gerek yok. Hiçbir yere gitmeme gerek yok."

Bana bir kadeh kahverengi içkiden koydu ve kadehi içtim, sonra bir tane daha. Kendimi iyi hissettim.

Hava oldukça serinledi ve Pete içeri girip ateş yakmamızı önerdi. Bir gün önce kapının önüne bıraktığı odunları aldım ve onları salondaki taş şöminenin içine attım.

"Ateşin var mı?" Jack'in sıcaklığının kollarıma yayılıp parmaklarımı ısıttığını hissettim.

Pete kadehini ahşap masanın üzerine koydu, kalın gömleğini çıkardı ve başını iki yana sallayarak salonun ortasına doğru yürüdü.

"Hayır, böyle olmaz," dedi. "Sen hiç izci olmadın mı?"

"Sadece bir kibrit ver, Pete. Yanacak."

"Ama ateş böyle yakılmaz," dedi Pete.

Şöminenin yanındaki deri koltuğa oturdum ve ayaklarımı sedirin üzerine uzattım.

"Peki, Houdini, göster hünerini," dedim ve odun yığınını işaret ettim. "Hepsi odun. Ateşle alev alır diye düşünüyorum."

"Hayır." Pete odunları üçgen bir şekilde dizdi. Benimkileri çıkardı ve küçük bir çadır şekline getirdi. Ortaya tek bir odun dikti, ardından diğerlerini büyük bir özenle etrafında yasladı.

"Gördün mü? Önemli olan temel," dedi. "Tıpkı yaşamlarımız gibi. Eğer daha en başından odunları doğru bir şekilde dizmezsen, kibriti yaktığında çok geç olabilir." Son odunu da dikkatle yerine koydu, mutfakta bir kutu kibrit buldu, biraz kağıt buruşturdu ve kibriti yaktı.

"Dıştaki odunlar saatlerce yanabilir ve eğer ortadaki oduna değmezlerse, büyük bir ateş yakamazsın. Sadece birbirlerinden bağımsız yanan bir grup odunun olur. Doğru sonuca ulaşmak için temelini doğru kurmalısın."

Pete'in yaktığı ateşin alev alıp tutuşmasını izledim. Kısa süre içinde, taş bacadan yukarı duman salarak koyu kırmızı tonlarında alev alev yanmaya başladılar. Çam kokusu içeri dolup etrafımızı sardı.

Pete koltuğa oturdu ve parmağıyla eserini işaret etti. "İşte bu, dostum, yaşamın gizli hazinelerinden biridir; nasıl ateş yakılacağını bilip onu bir başkasına öğretmenin basitliği. Bir daha ateş yaktığında, bu şekilde yapacağına eminim."

Güldüm. Haklı olduğunu biliyordum.

"Ve beni düşüneceksin," diye ekledi.

Alevlerin titreşimiyle hipnotize olmuş bir şekilde ateşi izledim.

"Erkek kardeşim böyle bir ateş yakabilir," dedim. Sesli düşünüyordum. "O içimizde özenli olandı. Biz çocukken ateş yakmayı başarmış ve izci rozeti kazanmıştı."

"Demek bir kardeşin var?"

Başımla onayladım ve gözlerimin dolmaya başladığını hissettim. Pete fark etti ve gömleğinin cebinden cep telefonunu çıkardı.

"Onu aramak ister misin? Nerede olduğunu anlatıp hava atmak?" Gülümsedi. Kendimi daha iyi hissettirmeye çalışıyordu.

"Hayır," dedim. Merakla bana baktı. "Uzun hikaye," diye ekledim.

Pete omuz silkti, elini çenesine götürdü ve yanağını kaşıdı.

"Peki, üzgün müsün?" diye sorup konuyu değiştirdim.

"Bilmiyorum," diye yanıtladı. Çenesinde birkaç günlük kirli sakal vardı ve bir süre çenesini kaşıdı. Kafasını kaldırıp sanki sorumu düşünüyormuş ya da yanıt arıyormuş gibi bana baktı. O anda, Pete'in hayatımda tanıdığım en açık yürekli insan olduğunu düşündüm. Kimseyi etkilemek gibi bir endişesi yoktu, sanki dağlarda geçirdiği yıllar egosunu silip götürmüş gibiydi.

"Üzgün müyüm, mutlu muyum, bilmiyorum Jonathan. Sonunda bulunduğum için mutluyum. Bir şekilde de olsa annem tarafından bilindiğim için mutluyum. Nereden geldiğini bilmemenin ve kimseyle hiçbir bağının olmamasının nasıl bir duygu olduğunu bilemezsin."

"Yıllar önce yetimhane kayıtları bir yangında yok oldu ve tüm aile geçmişim silindi. O yüzden beni nasıl bulduklarını bilmiyorum. Yine de, nihayet bir şeyler öğrenebileceğime seviniyorum."

"Ama sanırım aynı zamanda biraz da üzgünüm." Pencereden ön bahçedeki iki ağacı işaret etti. İki mavi kuş mücadele ediyordu. "Şuna bak!" dedi heyecanla. Koltuğundan kalktı ve dışarı çıktı. Ben de arkasından gittim.

İlk kuş diğerinin üzerine doğru atladı, sonra ikinci kuşun çırpınışları karşısında havalanıp uçtu. Bir dalın üzerine kondular, sonra neşeyle altına doğru uçuşup birbirlerini itelediler.

"Hepimizin içinde süregelen bir savaş var," dedi Pete. "Tıpkı şu iki mavi kuş gibi."

"Bilge yaşlı bir rahip gibisin," dedim gülerek. "Biliyor musun? Sözcükleri nasıl kullanacağını iyi biliyorsun. İki mavi kuş demek, hıh?"

Pete başını salladı.

"Doğru. Ve bazen mavi kuşların kavga edip iç dünyamızı dağıtmalarına izin veririz, oysa o anda bunu engelliyor olmamız gerekir."

Gözlerimi devirdim.

"Neden bundan bir ders çıkaracakmışsın gibi hissediyorum?"

"Hepsi bir derstir, Jonathan." Ayağa kalktı ve ellerini havaya kaldırdı. "Etrafına bak!" dedi heyecanla. Onu hiç böyle görmemiştim. "Hayattayız! Bu sabah uyandığımız şu olağanüstü güzelliğe bak." Bana döndü. "Kaç yazın ya da sonbaharın kaldı Jonathan? Belki yirmi? Ya da otuz? Duygularla savaşacak kadar zamanımız yok. Hayallerimiz tükense de, mutlu olmak için kararlı olmak zorundayız. Yeni hayaller yaratmayı istemek zorundayız."

Oturdum ve bacaklarımla iterek geriye doğru yaslandım, sallanan sandalyenin ayakları da havalanmıştı. Derin bir nefes aldım ve bir süre, gözlerim kapalı bekledim. Açıkçası hayallerimi düşünmek istemiyordum. İçimde Pete'e, Tanrıya, dünyaya karşı biriken öfkeyi hissettim.

Öfkemi bastırdım.

Pete konuşmaya devam etti.

"Bugün bu kederimden kurtulacağım," dedi, "yarın uçağa bineceğim ve duygularımla savaşmayacağım. Biz insanlar duygularımıza çok fazla anlam yüklüyoruz, yaşamlarımızı yönetip ve onu yakıp yıkmalarına izin veriyoruz."

"Bazen yaşam duyguları yakıp yıkıyor, izin versen de vermesen de," dedim.

"Evet, koşullarımız trajik olabilir. Ama sen, duyguların değilsin. Genelde biz insanlar bu yanılgıya düşeriz." Başını kaldırıp ağaçlara baktı. Güneş dalların arasından turuncu bir parlaklık yayıyordu. Tekrar bana baktı. Kahverengi gözleri dinç ve genç görünüyordu, yirmi yaşındaki birinin gözleri gibi. O anda tarif edilemez duygulara kapıldım.

"Biz duyguların bizi biz yaptığına inanırız, ama hiç de öyle değil," diye devam etti. "Bu bir tuzaktır. Duygularının tuzağına düşebilirsin, zaman içinde onlar senin benliğine dönüşür ve yolunu kaybedersin, pusulan bozulur." Ayağa kalktı ve yürüyüp ahşap tırabzanlara tutundu. "Buraya geldiğinden beri üzgünsün. Etrafını ağır bir karanlık sarmış. Kendine böyle yaşama iznini nasıl verebilirsin?"

"Bunu sormaya hakkın olduğunu nasıl düşünür sün?" dedim öfkeyle.

Uzun bir süre sessizce oturduk.

Sonra Pete döndü ve ellerini gökyüzüne kaldırdı.

"Bu kadar güzel bir dünyada inançların yüzünden eziyet çekmeyi düşünebiliyor musun?" dedi konuyu değiştirerek.

"Ne?" Çok fazla içtiğinden şüphelenmeye başlamıştım. "Bu senin felsefi saldırılarından bir diğer mi? Çünkü eğer öyleyse bana bir kadeh daha doldur." Kadehimi ona uzattım.

"Yunanistan'da, M.Ö. 399'da," kadehi görmezden gelip konuşmaya devam etti, "Socrates öğretilerinden dolayı zulme uğradı. Hükümet, Atina gençlerini baştan çıkardığı hükmüne varmıştı. Duruşmasında, Socrates sorgulanmamış bir yaşamın yaşanmaya değer olmadığını söyledi. Ölüm cezasına çarptırıldı."

"Bunu Socrates'in kitabında mı okudun?"

"Ah, hayır, dostum. Aslında Socrates hiç kitap yazmadı. Eflatun yanındaydı ve her şeyi kaydetti."

"Sorgulanmamış yaşam yaşanmaya değer değildir," diye tekrarladım. "Ne anlama geliyor?"

"Çoğu insan, hayatını otomatik pilotta sürdürür. Sabah kalkar, işe gider, eve gelir, uyur, kalkar, yine işe gider, hem de yaşamlarında amaçlı olmak yerine, sürekli tepkisel davranarak. Bazıları yapmamaları gereken yerde yaşamlarına insanlar alırlar, bazıları ise bunun tam aksini yapar, kendilerini dış dünyaya kapatıp zehirli insanlara ya da duygulara gereğinden fazla bağlı kalırlar. Her ikisi de yıkıcıdır."

"Toplum, kayıtsız bir amaçlılık eksikliğiyle ilerliyor."

Ormana bakıp gördüğüm manzara karşısında hayranlık duydum. Daha birkaç gün önce çöldeydim. Şimdi ise burada, gelmeden önce tanımadığım bir adamla dağlarda, yıllardır içmediğim viskiyi içiyordum. Ama bir şekilde her şey yerinde gibiydi. Bir adım atmak, yaşama izin vermek.

"Yani çoğu insan yaşamını sorgulamıyor demek istiyorsun," dedim.

"Kesinlikle," diye yanıtladı. "Bazıları ise *çok fazla* sorguluyor."

Tereddüt ettim.

"Bu seninle birlikte İtalya'ya gidip çantacın olmam için beni ikna etmenin bir yolu mu?" diye sordum. "Buraya varmaya çalıştığını biliyorum."

"Bir dosta yardım eli uzatmanın zamanı gelmiş olabilir," dedi gülerek. "Bazı insanlar öyle benmerkezci ki her zaman kendi acılarında boğuluyorlar. Kendilerine öyle düşkünler ki bir başkasına yardımcı olmak akıllarına bile gelmiyor. Ama ihtiyaçları olan şey tam da bu olabilir."

"Ben yaşamımda ikisinin bir karışımı olduğumu düşünüyorum," dedim.

"Hepimiz olmadık mı?" Yine karamsar görünüyordu. "Kendini keşfetme yolculuğun her şeye değer, Jonathan, tüm ıstıraba rağmen. Benimle birlikte İtalya'ya gel. Sadece bir başka macera olacak."

Ona bakıp gözlerimi devirdim.

"Seninle birlikte bir uçak yolculuğu yani?"

Pete başını arkaya atıp güldü.

"Başka yapacak neyin var?"

Kafamı salladım. Haklıydı. İki günden fazla bir süredir yatakta yatmaktan kaslarım uyuşmuştu. Pete haklıydı.

Başka yapacak neyim vardı? Dürüst olmak gerekirse, hiçbir şeyim.

6. Bölüm

YOLCULUK

Bazen yaşamınızı değiştiren biriyle tanışırsınız, ama bu, yaşamınızın değişmesi gerektiği anlamına gelmez.

Her insan kendi yolculuğuna çıkar.

Che Guevara 50'li yıllarda And dağlarından bir motosiklet yolculuğuna çıktı ve pek çok ülkeyi gezdi. Hayatını değiştiren bu yolculuk Buenos Aires'te başladı ve Che Guevara sınırları geçip Şili'ye, oradan dağları geçip Machu Picchu'ya ulaştı.

Bir keresinde bir gazetede, işi battıktan sonra hiçbir şeyi kalmadığı için sırtına çantasını alıp dünyayı gezen bir adamla ilgili bir makale okumuştum. Yolculuğu sırasında maddi olarak hiçbir şeye ihtiyacı olmadığını ve çok azıyla yetinebildiğini fark etmişti.

Yolculuk ederiz, çünkü imkanımız vardır. Bazen de yolculuk ederiz, çünkü başka bir seçeneğimiz yoktur. Lacy'yi düşündüm ve anladım ki, bazen, bizi bir yolculuğa çıkaran bir başka insan olabilir. Acaba ben, ne zaman pes edeceğini bilmeyen ünlü boğa güreşçisi Manolete miydim? Yoksa dünyanın sonuna yolculuk edecek ve huzuru mu bulacaktım?

New York'a vardığımızda, Pete bana seyahat acentesinin ona gönderdiği biniş kartlarıyla birlikte, seyahatle ilgili tüm belgeleri teslim etmişti. Bükreş'teki Otopeni havaalanına gidecektik ve ben onun güvenlikten ve bitmek bilmeyen gümrük işlemlerinden geçmesine, ayrıca yanına aldığı küçük valizi taşımasına yardımcı edecektim. Onu Roma'ya götürecek trene bindirecek ve eşyalarını yerleştirecektim. Trenle gitmek çocukluğundan beri hayalini kurduğu bir şeydi.

Orada yollarımız ayrılacaktı ve ben, Pete'in benim için ayarladığı bir motelde kalmak üzere, Transilvanya dağlarına doğru yola çıkacaktım. O da üç gün sonra benimle buluşacaktı.

"Transilvanya mı?" diye sormuştum. "Neden orası?"

"Sadece ilginç bir yere benzediği için," dedi. "Ve Bükreş aktarmalı uçacağımız için, gayet mantıklı."

Uçuş görevlisi kabinin içinde dolandı. Lacivert süveteri, etek, çorap ve üzerinde bir kolye ile ceketten oluşan üniformasıyla uyumluydu. Eskiden olsa onu, iş seyahatlerine çıkan ve spor sayfalarını okur gibi yapıp aslında dışarı taşan dekoltesine kilitlenen diğer erkekler gibi farklı gözlerle izlerdim.

Şimdi her şeyi farklı görüyordum. Ayakkabıları kalın; süveteri yaşlanan bedeni için fazla sıkıydı. Ona yiyecek gibi bakan, ilgisini çekmeye ya da sıradan muhabbetler etmeye çalışan erkeklerin ilgisi mide bulandırıcıydı. Sanki yepyeni gözlükler takmışım gibi hissediyordum.

Pete yanıma, cam kenarındaki koltuğa oturdu ve motorlar çalışır çalışmaz bir bebek gibi uykuya daldı. Göz kapakları titredi ve onu izlerken, büyükbabam dışında başka hiçbir adama duymadığım bir şefkat hissettim.

Ama uyumadan hemen önce etrafa baktı ve şöyle dedi;

"Sana bir çift lafım var, evlat. Ve bu sözlerime iyi kulak ver. Burada benimle, dağda yeni tanıştığın bir adamla oturuyor olmanın bir sebebi var."

"Öyle mi?" diye sordum. "Neymiş? İyi bir sebep olsa iyi olur."

"İnsanlar yaşamına gelir ve giderler. Bazıları saklamaya, hatta uğrunda savaşmaya değerdir. Bazılarını ise bırakmak gerekir. Bu çok önemli bir derstir, evlat. Kimin yaşamına değer katmak, kimin gönderilmek üzere orada olduğunu anlamanın bir yolunu bulmalısın. Eğer biri senden bir şeyler götürüyorsa bırak, gitsin. Onun senden ayrılma mevsimi gelmiş demektir. Eğer bazı duygular senden bir şeyler götürüyorsa, onları da bırak, gitsinler."

Arkadaşıma baktım ve sözlerini düşündüm.

Bırak, gitsin.

Pete ile olmanın en iyi yanı, geçmişim hakkında konuşmamış olması ve aslında benden hiçbir şey talep etmemiş olmasıydı. Dolayısıyla iyi bir çift olmuştuk. Benim verecek bir şeyim yoktu, onunsa isteyecek.

Bundan kısa süre sonra uykuya daldı ve motorlar çalışıp pilot uçağı piste doğru sürdüğünde ve ardından gökyüzüne havalandırdığında, onun yanındaki pencereden dışarıyı izledim.

Bunu gerçekten yapıyor olduğuma inanamıyordum. Ruhumda bir gıdıklanma, bir endişe hissettim. *Gerçekten dünyanın diğer ucuna mı gidiyorum?*

İki saat geçmişti ki bir uçuş görevlisi geldi ve bir şey isteyip istemediğimi sordu.

"Bir kola alayım," dedim.

"Elbette," diye yanıtladı. "Birazdan akşam yemeğini servis edeceğiz."

Pete kıpırdandı, başını çevirdi, sonra tekrar derin bir uykuya daldı. Ben de birinin koltuk arkasında bıraktığı *London Financial Times*'ın kalıntılarını okudum ve bir film izlemeye koyuldum. Uçak çeşitli uluslardan yolcularla doluydu ve birçoğu hemen uykuya daldı. Diğerleri bir şeyler okudu ya da kulaklıklarıyla müzik dinlediler. Uçuş görevlileri de üç kaplık akşam yemeği servis etti. Çikolata bile vardı.

Saatler sonra Pete uyandı ve omzuma dokundu.

"Film iyi mi?" diye sordu.

"Fena değil." Omuz silktim ve kulağımdaki kulaklıkları çıkardım. "İyi uyudun mu? Yemeği kaçırdın."

"Bir rüya gördüm," dedi.

"İyi miydi?"

Gözlerini sildi. Saçları dağılmış ve alnının tepesinde toplanmıştı.

"Rüyamda bir gökkuşağının üzerinde duruyordum," dedi. "Sanki bulutların üzerindeymişim gibi."

"Aklından geçenlere bak."

"Rüyalar çok önemlidir, biliyorsun. Onları dinlemelisin. Bazıları kehanet gibidir."

"Ben artık fazla rüya görmüyorum..." Yalan söyledim. Bir rüyamda benimle konuşan adamı hatırladım. "Ama çocukken daha çok görürdüm."

"Çünkü çocuklar sihirli düşünürlerdir." Yüzünde ciddi bir ifade vardı. "Gençken, geceleri bizi uyutmayan streslerimiz yoktur."

"Öyle herhalde. Eee, Freud ne derdi bu rüyana?"

Bir an düşündü.

"Ah, bilmiyorum," omuz silkti. "Belki önümüzde bir gökkuşağı vardır. Yolculuğumuzda bizi bekleyen yeni bir yaşam."

Yeni arkadaşıma baktım.

"Daha önce senin gibi biriyle tanışmamıştım, Pete. Olaylara son derece olumlu bakıyorsun."

Güldü, başını çevirdi ve pencereden dışarı baktı. Plastik, uçağın yıllarca havalanıp iniş yapması sonucunda çiziklerle doluydu.

Pilot, olması gerekenden üç desibel daha yüksek bir sesle konuşmaya başladı. Sanki biri kazara ses ayarıyla oynamış gibiydi.

"İki saatten kısa bir süre içinde, Romanya'nın başkenti Bükreş'e ineceğiz."

"Daha önce Romanya'ya gittin mi?" diye sordum Pete'e.

Başını salladı. "Hayır."

"Yoksul bir ülke sanırım, ama çok güzel."

"Transilvanya'daki dağlık bölge, dünyanın en güzellerinden biri olmalı," dedi. "Ortalama gelir ayda 50–100 dolar arasında, ama ülkenin okuma yazma oranı yüzde 95'lerde. Bizden yüksek."

"Bir de dünyanın en zengin ülkesi olduğumuzu sanıyoruz."

Güldü. "Ah, ilgisi bile yok. Ne maddi olarak, ne de doğal zenginlikler açısından."

"Biz de zenginlik görüntüsü var. Borcumuz var, işte sahip olduğumuz bu. Ve İsrail ve Romanya gibi diğer ülkeler, bizim dünyamızda hayal bile edemeyeceğimiz zenginlikte doğal kaynaklara sahipler." Konuşurken heyecanlı olduğu anlaşılıyordu. "Bu harika bir seyahat olacak, Jonathan. Yaşamlarımızda mükemmel bir şeyin gerçekleşmek üzere olduğunu hissediyorum ve bu müthiş bir şey olacak."

Bir şey söylemedim.

Uçak Bükreş'teki piste dokundu ve uçağın gövdesi sarsıldı. Pilot bu sert inişten dolayı özür diledi ve kısa sürede uçaktan inip gümrükteki sıramızı aldık. Geçerken Pete'in çantasını taşıdım ve terminalde ona yardımcı olup itmesi kolay olsun diye bir valiz arabası buldum.

El sıkıştık ve Pete'in benim için ayarladığı, Braşov'daki motelin adresinin yazılı olduğu zarfı aldım.

"Tek başına halledebileceğinden emin misin?" diye sordum.

"Bundan sonrası rahat, evlat. Orada bekleyen biri olacak. Ya sen? Sen tek başına halledebileceğinden emin misin?" diye sordu gülerek.

Başımı salladım ve onunla birlikte, onu Bükreş'teki Gara de Nord istasyonuna götürmek üzere bekleyen taksinin yanına yürüdüm. Yolculuğun bu kısmı, 48 eurodan biraz daha fazla tutacaktı ve İtalya'daki vasiyet memuru, Pete Roma'daki tren istasyonuna vardığında onu karşılaması için bir araç göndermeyi kabul etmişti.

Durumun ilginç yanıyla ilgili Pete'e takıldım. Şimdi, çoğu insanın hayal bile edebileceğinden çok daha fazla paraya sahipken, bir de ona kalan mirası almaya gidiyordu.

Pete kiralık aracın yanında durdu. Yeni bir Lincoln'dü.

"Sadece zenginler daha zengin oluyor," dedim. "Hiç adil değil."

"Bu takaslarla ilgili," dedi.

"Ne gibi?"

"Bana maddi bolluk verildi, ama sevgi verilmedi. Sana bir evlilik ve sevgi bahşedilmişti, ama belki başka şeyler eksikti. Bazı insanlara üstün bir zeka bahşedilir, bazılarına ise fiziksel ya da atletik bir beceri."

Söylediklerini düşündüm. Yaşamda bana verilenleri ve sonra geri alınanları. Bu sırada Pete araca bindi ve uzaklaşırken pencereden el salladı.

Böylece etrafımda yoğun bir günün sesleri ve bana yabancı diller konuşan insanlar ile Otopeni havaalanının kaldırımında durdum. Hemen yanıma küçük bir adam yanaştı ve aracına doğru çılgınca el salladı. Yolcu kapısı göçük, gümüş bir araçtı. Yan pencere patlamış ve plastikle kaplanıp etrafı bantla iyice yapıştırılmıştı. Kapıyı açmak üzere fırladı ve anlamadığım bir şeyler söyledi.

"Amerikalı mı? Amerikalı mı? Gidelim."

Omuz silktim, arabaya bindim ve Pete'in bana verdiği kağıda baktım.

"Brasov?" dedim. Adam heyecanla kafasını salladı, araca bindi, motoru çalıştırdı ve hızla hareket etti.

"*Da! Da! Brasov.*" Aynı şeyi defalarca tekrarladı ve saldırgan bir şekilde trafiğin içine karıştı. Pek çok aracın önünü kesti ve kilometrelerce dümdüz olan iki şeritli bir yola girdi, tavuk kafesleriyle dolu bir at arabasına çarpmamak için direksiyonu hızla kırdı.

At arabasının yanından geçerken kornaya bastı ve aracı kullanan çiftçiye bağırıp bir şeyler söyledi. Ardından önümüzdeki araçları birer birer geçmek için yandaki şeride kayarken, ben kapı kulpuna sıkıca tutundum. Önümüzdeki bir aracı solladığı sırada karşımıza bir kamyon çıktı ve son anda sağa kaçmayı başardık. Yüreğim ağzıma gelmişti. Bunu daha sonra defalarca tekrarladı. Her seferinde direksiyonu hızla kırdı, sonra bir araç daha solladı ve geçtiğimiz her aracın şoförüyle birlikte kornaya asılıp birbirlerine haykırdılar.

Büyük beyaz bir fabrikayı ve ıssız arazileri geçtik. İleride, dağlık bir bölgenin karanlık gölgelerini gördüm. Buranın Karpat Dağları olduğunu biliyordum. Pete bana dağların tarihini ve Transilvanya'nın kültürünü anlatmış ve bölgenin korkutuculuğuna rağmen, oradaki kalenin bir şekilde turist akınına uğradığını söylemişti.

Burası, engebeli arazileri, derin nehirleri ve İtalyanların tatile geldikleri nefes kesici kayak bölgesiyle karmaşık bir ülkeydi. Braşov şehri, dört bir yanı dağlarla çevrili, gotik kiliseleriyle bir ortaçağ kasabasıydı.

Şoför ana yoldan saptı ve bir süre parke taşlı caddelerde ilerledi. Ardından birden bazı eski binaların önünde duruverdi.

"Basicila Negro," dedi ve yüksek bir katedrali işaret etti. Binanın yan tarafında kurşun deliklerinin kalıntıları vardı. Yapı, gösterişli heykeller ve göğe uzanan olağanüstü bir kuleyle süslenmişti.

"Unde mergi?"

Başımı salladım. Anlamamıştım.

Adam elini havada savurdu ve önce bir binayı, sonra da tamamen farklı bir yöndeki başka bir caddeyi işaret etti.

"Unde mergi?"

Ona, kağıttaki adresi işaret ettim. Kağıdı elimden aldı.

"Ah, evet, *da! Da!*" Aracı tekrar hareket ettirdi, dar, parke taşlı bir sokağa döndü ve beyaz, beton bir konağın önüne park etti. Sonra araçtan indi ve sırt çantamı almak üzere uzandı.

"Hayır, teşekkürler," deyip çantamı aldım.

"*Da! Da!* Ben taşırım," diyerek ısrarcı oldu.

Sonunda çantanın omzumdan düşmesine izin verdim, adam çantayı sırtına aldı ve basamakları çıkmaya başladı. Yırtık pırtık bir elbise giyen küçük bir kız merdivenlerde oynuyordu ve yolun aşağısında, uzun elbiseler giymiş, başları eşarplarla örtülü kadınlar yürüyordu. Şoförün ardından son basamağa kadar çıktım ve şoför kapıyı çalarken, ben bekledim.

Kapı açıldı ve küçük siyahi bir çocuk bizi içeri aldı. Çantayı şoförün elinden aldı ve koridorda onu izlememiz için işaret etti. Peygamberdevesi gibi uzuvlarıyla, uzun ve zayıf çocuk sessizce ilerledi ve bizi küçük bir yatak odasına götürüp çantamı ahşap zemine bıraktı. Arkamı döndüğümde, çoktan gitmişti.

Taksi şoförü kapının önünde bekledi. Elimi cebime daldırıp ona biraz bahşiş verdim. Adam başını eğip teşekkür etti ve oradan ayrıldı.

7. Bölüm

BAHÇE

Kapıyı kapadım ve küçük alana göz gezdirdim. Oda boştu, ama yatağın üzerinde hoş, beyaz bir yatak örtüsü, altında yine bembeyaz çarşaflar vardı. Bir kenarda tek başına duran bir gardırop ile aşağıdaki bahçeye tepeden bakan bir pencere bulunuyordu.

Pencereden aşağı baktığımda, bahçede çalışan bir çocuk gördüm. Bahçe ağırlıklı olarak topraktı ve çocuk toprağı havalandırmak için bir el küreği kullanıyordu. Arada bir yere çömeldi. Toprağı eşit bir şekilde dağıtmak, sonra da küçük yeşil bitkilerin etrafına yaymak için ellerini kullanırken ben de yukarıdan onu izledim. Bitkilerin ne bitkisi olduğunu anlayamamıştım.

Giysilerimi değiştirip dışarı çıkmaya karar verdim. Levi's kot pantolonumu ve temiz gömleklerimden birini giyip merdivenlerden ana girişe indim. Aşağıda şişman bir kadın vardı. Ona gülümsedim, ama kadın oralı olmadı. Başında geleneksel başörtüsü, dizlerinin altına uzanan eteği ve biçimsiz siyah ayakkabılarıyla altmış yaşlarında bir kadındı. Ben geçerken yavaşça başını salladı, ardından parkeleri silmeye devam etti.

"Merhaba," dedim, o da bir şeyler mırıldandı, ama anlayamadım.

Dışarı, mis gibi havaya çıktım. Birden çocuk yanımda belirdi. Tırnakları çamurla kaplıydı.

"Bay Amerika!" dedi gülümseyerek.

"İngilizce biliyorsun!" dedim. Şaşırmıştım.

Yaşlı kadın dışarı çıktı ve merdivenlerin başında durdu. Kaşlarını çatmış somurtuyordu ve çocuğa bağırıp bir şeyler söyledi. O da Romence olduğunu düşündüğüm bir dilde karşılık verdi.

"*Noapta Buna*. Sorun yok Bayan A.," dedi ve konuşurken İngilizce-Romence arasında gidip geldi. Bunun kadını daha çok sinirlendirdiği anlaşılıyordu. Ama çok geçmeden içeri girip gözden kayboldu.

"Neye kızdı?" diye sordum.

"Ellerimi yıkamadan içeri girmemi istemiyor," dedi çocuk. "Her zaman endişelenmek için acele eder." Bir an bu söylediğini düşündüm, sonra sadece başımı sallamakla yetindim.

"Adın ne?" diye sordum.

"Solomon," dedi. "Kral gibi."

"Kral mı?"

"Evet. Solomon çok yüce bir kraldı, tüm zamanların en büyüklerinden." Çocuk ellerini pantolonuna sildi ve toprak dağıldı.

"Kaç yaşındasın?" diye sordum.

"*Zece*."

Merakla ona baktım.

"Pardon," dedi. "On yaşındayım. Sen kaç yaşındasın, Bay Amerika?"

"Nereden bir bardak kahve alabilirim, biliyor musun?" diye sordum ve onun sorusunu yanıtsız bıraktım. "Bir pastane ya da cafe var mı?"

Çocuk işaret etti.

"Yolun aşağısında, Bay Amerika. Birlikte gidelim. Sana göstereyim." Bahçe aletlerini bıraktı ve sessizce benimle birlikte yürüdü. Taze havayı içime çekerek onunla birlikte pastaneye gittim. İçeri girdik ve yanında bir kekle hayatımda gördüğüm en siyah kahveyi içtim.

Ardından yüzlerimizi güneşe verip dar parke taşlı sokaklarda yürüdük. Etrafımızda rahat ve samimi bir dünya vardı. Solomon beni, sıra evlerle dizili caddelere götürdü. Oranın yerlileri meydanlarda ve cafelerin bahçelerinde toplanmış, neşe içinde sohbet ediyorlardı. Evler uzun ve dardı. Bazılarının pencere içleri parlak çiçeklerle süslenmişti. Marilyn burayı görseydi nasıl fotoğraflar çekerdi, diye düşündüm.

"Futbol sever misin?" diye sordu bir anda.

Ona baktım.

"Pek iyi değilimdir, hayır. Ama televizyonda izlerim..." Herhangi bir futbol maçı izlemeyeli uzun zaman olmuştu, ama birden en son izlediğim maçı hatırladım, Giants Cowboys'a karşı.

"Şimdi gidelim!" dedi heyecanla. "Gidelim! Beni izle."

Onu takip ettim. Bir süre yürüdük, bana birkaç kilometre gibi gelmişti. Sonra insanlarla dolu açık bir stadyuma geldik. Bir futbol maçı oynanıyordu ve ben daha Solomon'un beni, onu bir futbol maçına götürmeye ikna ettiğini anlayamadan, bilet almak için parayı uzattım. Ama öyle neşeliydi ki istesem de kızamazdım.

"Siz Amerikan futboluna futbol diyorsunuz, Bay Amerika. Bizim ülkemizde futbol budur."

Stadyum capcanlı, uzun zamandır gördüğümden çok daha fazla insanla doluydu. Üzerlerinde, Amerika'da askerlerin giydiği gibi kamuflaj üniformaları olan erkekler sahanın kenarına dizilmişti. Ancak bu üniformalar yeşil değil, açık mavi tonlarıyla karışık koyu maviydi. Sırtlarında makineli tüfekler vardı ve her biri, üzerinde bir tabanca bulunan kalın siyah kemerler takmıştı.

Başta onların varlığı beni huzursuz etti, ama kısa süre sonra rahatladım ve oyunun keyfini çıkardım.

Ertesi gün Victorita –Solomon'un Bayan A. diye hitap ettiği yaşlı kadın- masaya katı yumurtalar, ekmek ve Coca-Cola'dan oluşan hoş bir kahvaltı hazırladı.

Hemen öğrendim ki Coca-Cola Romenler tarafından bizim, Amerikalıların sevdiği şeylerin bir simgesi olarak görüldüğünden, bu Amerikalı bir konuğa sunulan en önemli lüksmüş. Sonraki günlerde ziyaret ettiğim her evde, Victorita ve kocası Cornell'in arkadaşları bana Coca-Cola ve katı yumurta, bazen özel bir akşamsa yanında havuçlu et ikram ettiler. Et, ocağın üzerinde güveç gibi suda pişiyor ve havuçlar aralarına karıştırılıyordu.

Her gece yatağa yattığımda, boruların içinden akan su sesleriyle uyudum.

Saçımı yıkamam gerektiğinde, küvetin içinden uzanan bir musluğu kullandım, çünkü duş yoktu. Ayrıca banyo yapmak için, odamda bulduğum küçük bir bezi kullanmak zorunda kaldım. Evde tek bir banyo vardı, dolayısıyla bazen dolu oluyordu ve ben odama dönüp bekliyordum.

Sabahları uyanıp Solomon'un çalıştığı bahçeye bakan penceremden onu izlemeyi alışkanlık haline getirdim. Çocuğu anlamaya çalıştım, çünkü her gün sadece bahçeyi sulamak ve toprağı işlemek için herkesten önce uyanıyordu. Bu onun için bir tutku ya da hobi gibiydi ve toprağı işlemek için küçük, kırık bir el küreğiyle saatlerce çalışıyordu.

Victorita ve Solomon'un Bay K. diye hitap ettiği Cornell, zaman zaman benim gibi kalacak yer arayan konuklardan ekstra para kazanıyordu. Her ne kadar Victorita'nın bir kere bile gülümsediğini görmemiş olsam da, evin her ihtiyacının karşılandığından emin olmak için canla başla çalışıyordu.

Solomon canı istediği zaman gelip gidiyordu. Belli ki gitmesi gereken bir okulu yoktu. Para kazanmak için sokaklarda çalıştığını söylemişti ve bir gün onu şehir meydanında gordugumde, seçtıgı mesleğın bır nevi dilencilik ya da deyim yerindeyse dolandırıcılık olduğunu fark ettim. Turistlerin yanına gidiyor ve güzel sözlerle onları tavlamaya çalışıyor, onları kendisine para vermeye ikna ediyor ve parayı da Romen ailesine götürüyordu.

Solomon bana birkaç yıl önce bir çiftin onu yanına aldığını ve ona kalacak yer sağladığını anlatmıştı. Bir sokak çingenesiydi ve oda karşılığında çalışmayı kabul etmişti. Victorita'yı, onu yetimhaneye ihbar etmeme için ikna etmesi üç gününü almıştı. Önce sabahları koridorları ve merdivenleri süpürerek başlamış, ardından bahçeyle ilgilenmişti. Daha sonra sokakta kazandığı parayı da onlara getirmeye başlayınca, Victorita ve kocası için sokağa bırakamayacakları kadar değerli olmuştu.

Ayağına iki numara küçük gelen bez ayakkabılar giyiyordu. Rahat etmek için parmak uçlarını delmişti. Bahçede çıplak ayakla çalışıyordu ve bana göre bunun sebebi, sahip olduğu tek çift ayakkabıyı daha da yıpratmamaktı. Bazen akşamları ayakkabılarını yıkayıp balkonda kurumaya bırakıyordu.

Aile yoksuldu ve ortalama bir fabrika işçisinin evine, ayda yaklaşık yüz Amerikan dolarına denk gelen bir para götürebildiğini öğrendim. Dolayısıyla Solomon'un katkıları çoğu hafta sadece ekmeği, bazen ek olarak sütü karşılıyordu. Buna rağmen çiftle hiçbir ilişkisi yok gibiydi. Ne bir aile sıcaklığı ne de sohbet vardı. Cornell sabahları fabrikaya gitmek üzere evden ayrılıyor ve eve hava karardıktan sonra dönüyordu. O ve Victorita gece geç saatlerde mutfaktaki küçük ahşap masada yemek yiyor ve erkenden yatıyorlardı.

Ev her zaman sessizdi.

Bazı sabahlar, kapımın önünde bir ekmek sepeti bulduğum oldu. Üç ya da dördüncü gün, Pete'in Braşov'a ne zaman geleceğini bilmediğimi fark ettim. Ama ona ulaşmanın bir yolu olmadığından, tek yapabileceğim beklemekti.

*

Gün boyunca kasabada yürüyor, bazen bayırlara gidiyor ve marketten aldığım bir sandviç ya da kruvasan ile sessizce oturuyordum. Küçük bir döviz bürosu buldum ve Amerikan dolarlarımdan bir kısmını daha çevirdim. Bu, ülkeye yeni döviz demekti. Amerika'da sahip olduğumuz dolarların aksine, para çok güzel görünüyordu ve neredeyse diğer tüm ülkelerin, kendi para birimlerini üretirken sanat yaratıyor olması beni büyülemişti. Paralar genelde çeşitli renklerde oluyordu.

Bir ülkenin temelinin, bir ulusun para biriminin güzel bir şekilde yapılandırılabilir olması çok hoşuma gitmişti. Bu, çoğu insanın uğrunda çalışarak yaşamını geçirdiği, her günkü emeğin hedef aldığı şeyi simgeliyordu. Buna karşılık Amerikan doları, görünümüne hiçbir özen gösterilmediğinden sade ve yavandı.

Romen banknotları romantikti. Kağıt banknotlardan biri açık yeşil ve gök mavisi renklerinde, güzel bir manastırı, kantaron çiçeklerini, armalı bir kalkanı ve bir Prensi tasvir ediyordu.

Bir gün yeni bir dünyada bir yabancı olmanın avantajından faydalanmak istedim ve kasabadaki cafelerde kahvaltı, oğle yemeği ve ardından akşam yemeği yemeye karar verdim. Parke taşlı sokaklarda dolanarak kilometrelerce yürüdüm ve Basilica Negro'yu, 1834'ten beri varlığını sürdüren "Siyah Kilise"yi keşfettim.

Yol üzerindeki bir restoranda yoğun kırmızı bir sosa bulanmış erişte yedim ve bu deneyimi yemeğin sonunda bir kadeh şarap sipariş ederek noktaladım.

Eve döndüğümde, Solomon'u ıslık çalarak bahçesinde çalışırken buldum ve merdivenlerden çıkmak yerine oraya oturup onu izledim. Özenle çalışıyor, suyun ve toprağın her ayrıntısına önem veriyordu. Yana yatmış yeşil bir filizi yeniden yerleştirmek için yere çömeldi ve onu toprağa batırdığı bir çubuğa bağladı.

Hemen kenardaki ıslak çimlerde oturduğumu fark edince, ayağa kalkıp gülümsedi.

"Toprakta çalışmak mı istiyorsun, Bay Amerika?"

Ben de güldüm.

"*Nu*," deyip başımı salladım. Ailenin yanında birkaç kelime kapmıştım ve arada bir de olsa Romence yanıtlayabiliyordum.

Solomon beyaz bir ülkedeki siyah çocuktu ve onun oraya nasıl geldiğini merak ediyordum. Sokaktaki çingeneler dışında renkli kimseyi görmemiştim ve çingenelerin ten rengi bile daha açık, Hintli gibiydi.

Tüm dikkatini bahçeye vermişti ve bu onun için sanki yapmak zorunda olduğu bir şey değil de, yapmak istediği bir şey gibi görünüyordu. Sanki içgüdüsel bir arzu, ona bahşedilmiş bir tutku gibi, sanki toprağı havalandırmak ve bahçeyle uğraşmak, onun yeryüzüne bağlayan tek yol gibiydi.

"Bayan A. yemek pişiriyor," dedi.

"Onun adı Victorita," dedim. "Neden ona Bayan A. diye hitap ediyorsun?"

Solomon omuz silkti.

"Amerika'da ne iş yapıyordun?" diye sordu.

"Hap satıyordum."

Solomon gözleri kocaman açılmış bir şekilde ayağa fırladı.

"Bay Amerika!"

"Şey, öyle değil," dedim ve güldüm. "Öyle değildi yani. Psikotropik haplar satıyordum. Yasal olarak."

Yüzündeki boş ifadeyi gördüm ve anlamadığını anladım.

"İlaç gibi yasal haplar," diye açıklama yaptım. "Daha çok yetişkinler ve gençler için haplar. Onları iyileştirmek için."

"Onları iyileştirmek için mi? Neden?"

"Şey, sattığımız ilaçlardan biri, dikkat eksikliği rahatsızlığını tedavi eden bir ilaçtı, daha çok beyni düzenlemeye yardımcı olmak için ergenlik çağındaki gençlere veriliyordu." Birden, sanki California'daki bir kokteyl partisinde otomatik pilota geçmiş gibi, kendimi işimin rutin açıklamalarını yaparken buldum. Ama onun aklının karıştığını görebiliyordum.

"Ergenlik çağındaki gençlerin beyni farklı yapılandırılmıştır. Ön lob korteksinin tam olarak gelişmesi zaman alır ve bu alan dürtüleri ve sonuçları yönetir. Bazen bu alanda karışıklıklar olabiliyor."

Hala ne demek istediğimi anlatamamıştım ve gerilmeye başladım.

"Ve bunun için ilaç mı satıyorsun?" diye sordu.

Olayı daha da karmaşık bir hale getirmeden ne diyeceğimi bilemediğim için omuz silkmekle yetindim.

Solomon bahçenin ortasında durdu ve benim devam etmemi bekleyerek küreğinin uzun ahşap sapına yaslandı. Ben devam etmeyince, o da konuyu değiştirdi.

"Bana neden Victorita'ya 'Bayan A.' diye hitap ettiğimi sordun," dedi. "Bak işte, yetişkinler yaptıkları mesleklerle sınıflandırılırlar, o yüzden ben herkese lakaplar takarım. Dünya insanları yaptıkları işle tanımlıyor, değil mi? Sen bir yere insan olarak gidersin, ama insanlar o insanla ilgilenmezler. Hemen sorarlar, 'ne iş yaparsın?' Sanki senin ne iş yaptığın senin kim olduğunu gösterirmiş gibi."

"Doğru," dedim.

"Tanrı insanları, içlerinde olup bitenlere göre değerlendirir, yaptıkları işe göre değil. O yüzden her insan için, sergiledikleri duyguları simgeleyen lakaplarım var. Yani benim onları gördüğüm şekliyle."

"Peki, 'A' ne anlama geliyor?"

"Acı için A. O, insanların ona yaptığı şeylere tutunarak acılarla dolu bir hayat yaşadı. Ve daha olmamış şeyler için bile endişelenebilmeyi başarıyor."

Merakla çocuğa baktım.

Bir süre düşündükten sonra, "Solomon, sen gerçekten on yaşında mısın?" diye sordum. Daha olgundu, sanki on yaşında bir bedenin içindeki seksen yaşında biri gibiydi. Yaşlı bir ruhtu.

"Bilmiyorum," dedi dürüst bir şekilde. "Annem buraya Kenya'dan gelmiş ve beni doğurduktan bir yıl sonra ölmüş."

"Sonra kimle yaşadın?"

"Annem bir evde hizmetçiydi. Onlar, ben altı yaşıma gelene kadar baktılar bana. Sonra oradan ayrıldım ve sokakta bir grup başka çocukla yaşadım."

"Altı yaşında?"

"Sokaklarda yaşayan bir sürü çocuk var," dedi.

"Ve sonra Victorita ve Cornell ile yaşamak için buraya geldin?"

Solomon başıyla onayladı. "Ben çalışıyorum, onlar da burada kalmama izin veriyorlar."

Solomon'un ten rengine yakın toprağa baktım.

"Victorita'nın kocasına neden 'Bay K.' diyorsun?" diye sordum.

"'K' içindeki kızgınlık için."

Bu yanıtla birlikte, içimdeki toprakta küçük bir kurt çukur kazdı.

"O zaman sen kimsin?" diye sordum.

Solomon'un gözleri parladı. "Ben neşeyim," dedi.

Güldüm. "Neşe misin? Ama sen bir dilencisin! Para kazanmak için çalıyorsun!"

"Ah, ama ben neşeli bir hırsızım! İşte, bak, beni işime göre tanımladın. Hayır, ben neşeli bir hırsızım!"

Bir süre, güneşin dağların üzerinden alçalmaya başladığı ufku izleyerek sessizce oturduk.

Sonra, "O zaman ben kimim?" diye sordum.

Çocuk bana baktı ve sanki bilge bir öğretmenin gözleriyle ruhumun derinliklerini gördüğünü hissettim.

"Sen sadece yedi gündür buradasın," dedi. "Ama senin yolculuğun, kederle sarılmış herhangi bir adamın yolculuğu gibi. Bir rahip ya da belki yaşamını tehdit eden zorlu bir yükselişle karşı karşıya kalan bir dağcı. Sen, arkadaşı Hazreti Yahya'nın ölümünün ardından tek başına dağa çıkan İsa gibisin."

Başımı çevirdim. O anda kalbim öyle yarıldı ki sanki kırıldığını hissedebiliyordum.

"Sen," dedi çocuk, "*keder*sin."

8. Bölüm

MACERA

Sabah Solomon yine bahçesindeydi. Bayan A.'nın mutfağından aldığım bir bardak kahve ile aşağı indim ve bir süre onu izledim. Solomon bir yalınlık ölçüsüydü, sanki yalınlığın bir yüzü varmış gibi.

"Tohumlar yola düşerse, kuşlar onları yer," diye açıkladı tüm ciddiyetiyle. "Tohumlar taşlara düşerse, büyümezler. Tohumlar iyi bir toprağa düşerse, ürün verirler. Tohumlar sadece iyi topraklarda verimlidir."

Orada bir saate yakın sohbet ettik, ardından ben cafeye yürüdüm. Yol üzerinde, Solomon'u düşünme fırsatı buldum ve kendimden ve kendi gürültümden uzaklaşabildiğime şaşırdım. Bu bir uyanıştan çok, bir farkındalıktı.

Yarı kasap, yarı alet edevat dükkanı gibi işlev gören bir küçük mağazaya girdim ve kırmızı lastik tutacağı olan küçük bir el küreğine 25 ron ödedim. Amerika'dakiler gibi, daha yeni ve modern bir aletti ve Solomon'un ona bayılacağını biliyordum.

Döndüğümde ona, "Sen ilginç bir çocuksun," dedim. Ona kürekle birlikte bir çörek ve bir şişe su uzattım. "Annen buralara nasıl geldi?"

Solomon kahverengi kese kağıdından hediyeleri çıkardı ve yüzüne geniş bir tebessüm yayıldı.

"Teşekkür ederim Bay Amerika!"

Hemen küreği toprağa sapladı ve çörekle suyu bir kenara koydu.

"Annem Kenya'da, varlıklı bir İtalyan ailenin yanında hizmetçilik yapıyordu," dedi bir yandan çalışırken "ve sonra aile buraya taşınınca, o da onlarla birlikte geldi ve aşık oldu."

"Baban Romen mi?"

"Sanırım. Açıkçası bilmiyorum."

Nereden geldiğini bilmeden böyle neşe yayabiliyor olmasına şaşırmıştım. Kuma ulaşan yüzeysel kökleri olan bir ağaç gibi, hayatı boyunca sorgulayıp merak edecekti. Bahçe onun yaşamı için bir metafordu sanki. Toprağa böylesine bağlı olmasının nedeni, dünyadan kopmadığını hissetmek miydi?

Aklıma, yine anne ve babasını tanımamış, ama şimdi geçmişini keşfeden Pete geldi. Üç gün içinde döneceğini söylemişti, ama hala görünürlerde yoktu. Onu ülkeyi ziyaret edip, satın almaya ya da yenilemeye karar verdiği terk edilmiş bir üzüm bağı ya da villa keşfederken hayal ettim, *Under the Tuscan Sun* (Kızgın Güneş) adlı filmde olduğu gibi. Yol üzerindeki bir cafede oturup içeceğini yudumladığını ve yabancılarla dünyaya dair sohbetler ettiğini düşündüm.

"Bana hikayeni anlat," dedi çocuk. Beyaza boyanmış uzun taş duvarlarla sarılı bahçenin ortasında duruyorduk. Karşıdaki bir balkonda bir kadın ipe örtüler ve ince havlular astı ve bizi izledi.

"Hikayem mi?" diye sordum.

Çocuk ayağa kalkıp bana baktı.

"Bir kasa gibi kilitlenmişsin. Bu iyi değil. Bana hikayeni anlat."

"Hikayem falan yok. Unut gitsin. Sen şimdi anlat bakalım, İngilizcen nasıl bu kadar iyi?" diye sordum ve konuyu değiştirdim.

"Bu ülkede hepimiz okumayı biliyoruz," diye yanıtladı. "İngilizce okullardaki öncelikli dildir. Dünyanın çoğu sizin dilinizi biliyor. Dünyanın diğer dillerini anlama ihtiyacı hissetmeyen sadece siz Amerikalılarsınız."

Bayan A. yanımızdan geçti ve başını hafifçe eğip selam verdi. Solomon ve ben gülümsedik. Tabii ben, onun içindeki acıyı dindirebileceğimi düşündüm.

"*Buna!*" diye bağırdım neşeyle. Merhaba diyerek selamlamak istedim. "*Buna!*" dedim bir kez daha, bu kez daha yüksek sesle.

Bayan A. benim bulunduğum yöne bile bakmadan yoluna devam etti.

Solomon karnını tutarak kahkahalarla gülmeye başladı.

"Oh, Bay Amerika. İyi deneme."

Omuz silktim ve ben de gülmeye başladım. Solomon ve ben uzun süre orada kaldık.

"Hepimiz öğretmeniz," dedi sonunda. "O veya bu şekilde. Bir gün biri İsa'nın yanına gitti ve dedi ki, 'Ey bilge, ebedi yaşama erişmek için ne yapmalıyım?'"

"Hikayeler anlatmadan geçmiyorsun," dedim.

"Bu hikayede, adam ebediyeti soruyor. Hepimiz yaşamın anlamını merak etmiyor muyuz? Senin kaderin bu bahçe gibi. Sulamalı, ayrık otlarını temizlemeli ve bunu hep tekrar etmelisin."

O gece yatağa uzandım ve Solomon'un sözlerini düşündüm.

Son zamanlarda tanıştığım diğer insanlar gibi, onun da gizemli bir tarafı vardı ve tüm bunların ne anlama geldiğini düşünmeden edemedim. Şehirde geçen zamanda, hiç böyle sihirli insanlarla tanışmamıştım. Ancak burada, bu yolculuk esnasında, etrafım sihirle sarılmıştı, söylenen her sözde hissedebiliyordum.

Elbette benim geldiğim yerde de, içleri bilgelikle dolup taşan insanlar vardı, ama sanki herkes felsefi konuşmalar yapmak için fazla meşgul gibiydi.

Yoksa onları duyamayacak kadar meşgul olan kişi ben miydim?

Peter'ın meleklere dair söylediklerini ve yolculuğum sırasında tanıştığım her insanın, benim hakkında benden çok şey biliyor gibi hissettirdiklerini düşündüm. Pete, kulübede beş gün kalacağımı söylemiş ve haklı çıkmıştı. Uçakta gördüğü gökkuşağı ile ilgili rüya, geleceğin habercisi gibiydi.

Fotoğrafçı Marilyn, başka kimsenin bilmesine imkan olmayan birkaç şey söylemişti.

Ve şimdi bir de Solomon vardı, tüm ruhların en yaşlısı. Tüm bunları nasıl anlamlandıracağımı bilmiyordum, ama burada bir şeyler olduğundan, gözümün gördüğü basit şeylerin de ötesinde bir şeylerin var olduğundan emindim.

Odamın dışında bir gürültü duydum ve yataktan

kalkıp kapıya gittiğimde, Solomon'un kapının altından içeri attığı bir kağıt buldum.

1. zero -sıfır
2. unu – bir
3. doi – iki
4. trei – üç
5. patru – dört
6. cinci – beş
7. flase – altı
8. flapte – yedi
9. opt – sekiz
10. noua – dokuz
11. zece – on

Rakamlara baktım ve yüksek sesle okudum. Yatağıma döndüm ve uyuyana kadar onları tekrarladım.

Sabah aklımda sayılarla uyandım ve en küçük öğretmene sahip olmanın keyfiyle gülümsedim. Onun dilini öğrenmek için çaba gösterecektim.

Unu, doi, trei, patru...

Sabahın yedisinde ayaklarım ahşap zemine değdiğinde, bir deja vu hissiyle donup kaldım. Ahşap zeminin ayaklarımın altındaki soğuk hissi, bana eski evimde son kez yataktan tek başıma kalktığım günü anımsattı.

Romanya'daki o küçük odada, eski yaşamımdan bir anıya takılıp kaldım. Buraya kaçmak için gelmiştim, ama bir anda her şey geri dönmüştü. Lacy ve Boo.

Cep telefonundaki mesaj. Öfke, acı, keder. Oyuncak ayı, metal yığınına dönmüş arabalar.

Pencereden baktım ve yağmurun toprağı ıslatıp Solomon'un bahçesinde bir sele yol açtığını gördüm. Solomon bahçede çılgınca toprağı kaydırmaya çalışıyor, suyun bitkilerine zarar vermesini önlemek için küçük dar hendekler kazıyordu. Yağmurun altında koyu renk kolları sırılsıklam olmuştu ve sanki çabası boşa gidiyor gibiydi, ama o önemsemedi ve çalışmaya devam etti.

Aşağı koştum ve ellerimi toprağa batırıp ona yardım etmeye çalıştım. Yeşilliklerin dışında uzun bir hendek kazdık, ama fayda etmedi ve sonuçta sel gibi yağan yağmur bahçesini mahvetti.

Bir şekilde babasının domates yetiştiricisi olduğunu duymuştu ve bu yüzden domates yetiştiriyordu.

Akşamın ilerleyen saatlerinde, bahçeden geri kalan toprağa oturduk. Etrafımızda çamurdan bir havuz oluşmuştu. İkimizde çamurla kaplanmıştık, ama önemsemiyorduk. Solomon'un gözlerinin dolduğunu fark ettim. Sözlerinde hiçbir üzüntü belirtisi olmasa da, ben onun adına üzüldüm.

"Bırakıp gitmesine izin vermeyi istemek zorundasın," dedi Solomon. "Parçalanmışlıkta özgürlük vardır."

"Ama bahçe senin çocuğun gibiydi, Solomon," diye itiraz ettim. "Senin için her şeydi."

Çocuk başını kaldırıp dağlara baktı.

Gözlerini kapadı.

"Bir gün başka bir bahçem olacak."

O gece yatağa yattım ve yaşanan bu hüzünler yüzünden dönüp durdum: Pete, Marilyn, Solomon, Lacy ve Boo. Her biri ruhuma giren bir cam parçasıydı, benim bir parçam gibi, ama değil.

Bir fısıltı.

O anda geleceğimi düşündüm. Orada küçük yastığa uzandım ve bir sonraki yolculuğumun beni nereye götüreceğini merak ettim. Pete'den ve onun Brasov'a geleceği umudumdan vazgeçmiştim. Bir şey onu İtalya'da kalmak zorunda bırakmıştı. Belki ailesinden dolayı gelemiyor diye düşündüm. En azından onun adına öyle olmasını umdum. Belki ona, yenilemesi gereken küçük bir ev miras kalmıştı. Belki hiç görmediği kuzenleriyle tanışmış ve onlarla zaman geçirmek istemişti.

Sonraki günlerde, Solomon'la olabildiğince çok zaman geçirdim. Dağlarda, hayatımda gördüğüm en uzun ağaçların arasında uzun yürüyüşler yaptık. Geldiğimden, eskiden bahçenin olduğu toprak alanda Solomon'u otururken bulduğumdan bu yana üç hafta geçmişti.

Ona bir karar verdiğimi söyledim. Ben kararımı söylemeye fırsat bulamadan o konuştu.

"Gidiyor musun, Bay Amerika?"

"Evet, nasıl bildin?"

"Siz Amerikalıların bir lafı var," diye yanıtladı. "Her iyi şeyin bir sonu vardır."

Başımı hafifçe salladım. O anda midemin düğümlendiğini hissettim.

"Doğru değil," dedi Solomon. "Hiçbir şey bitmez. Ölümde bile, son yoktur."

Ona, artık gitme vaktimin geldiğini söyledim. Gerçi nereye gittiğime dair en ufak bir fikrim de yoktu. Havaalanına gidip bir yer ve uçak seçeceğimi söylediğimde durup düşündü. Victorita'nın oturma odasında eski bir küre vardı. Ona bakmış ve Norveç ya da Hollanda'ya gitmeye karar vermiştim. İki ülkeyi de daha önce görmemiştim.

"İyi," dedi Solomon. Ve sonra, "Unutma, bölünmüş bir kalp tehlikelidir."

"Benim kalbim bölünmüş falan değil," diye yanıtladım.

"Evet," dedi. "Öyle. Yarısı yeni bir yaşam istiyor, diğer yarısı ise büzülüp ölmek."

Dikkatle ona baktım.

"Sen daha çocuksun."

"Bahçeyi sulamanın zamanı geldi."

"Bu ne demek?"

Çocuk gülümsedi. Hiçbir şey söylemeden yürüyüp gitti. Açıklamasa da, artık gitmemin, prangalarımdan kurtulmayı düşünmemin, kaçmaktan vazgeçmemin vaktinin geldiğini kast ettiğini biliyordum.

Ama nereye gidecektim? Yolculuk daha yeni başlıyordu ve geri dönmek bir seçenek olamazdı. Amerika'ya döndüğüm takdirde, acılarla dolu Bayan B.'den ya da kızgın Bay K.'den öteye geçemeyecektim.

Adreslerimizi alıp verdik ve ona istediği zaman beni ziyaret etmesine yardımcı olacağını söyledim.

"Bir gün kesinlikle görüşeceğiz," dedi. "Ve o gün, kederin K'si olmaktan vazgeçmiş olacaksın. Yeni bir isim düşünmem gerekecek."

"Solomon, sen tuhaf bir adamsın."

Merak içinde bana baktı.

Victorita ve Cornell ile vedalaşmam kısa, ama hoştu. Şaşırtıcı bir şekilde, Victorita benim için bir kese kağıdına öğle yemeği hazırlamıştı. İçinde folyoya sarılı bir çörek, bir şişe Coca-Cola ve katı bir yumurta vardı.

Solomon'la vedalaşmak daha zor oldu. Sırt çantamı alıp onu bekleyen arabaya taşıma konusunda ısrarcı olurken yüzü kaskatıydı. Arkamdan aşağı indi ve benimle birlikte havaalanına gelip sonra Braşov'a döneceğini söyledi.

"Solomon, bunu yapamazsın," dedim. "Çok uzak."

"Her zaman yapıyorum," dedi.

Sonra onun kim olduğunu hatırladım. Braşov ve Bükreş'te, günlerini turistlerden para kopararak geçiren, bir çocuğun bedenindeki zeki bir yetişkindi.

Sessizce yola koyulduk ve Solomon bir kez bile gülümsemedi. Aramızdaki gergin hava yüzünden, nadiren konuştuk. Sonunda dayanamayıp uzandım ve ona sarıldım. Omuzlarını serbest bıraktı ve göğsüme yaslanıp gözyaşlarına boğuldu.

Duyguları karşısında donup kaldım.

Havaalanında uzun süre sarıldık ve sonra ayrıldığımda, tekrar gülümsediğini gördüm. Çantamı omzuma attım, içeri girdim ve gördüğüm ilk bilet gişesine yanaştım - Alitalia.

"Amsterdam'a uçuş ne kadar?" diye sordum.

"Dört yüz elli altı Amerikan doları," dedi.

Yanımdaki tek kredi kartını verdim ve nefesimi tuttum.

9. *Bölüm*

HOLLANDA

Amsterdam beni bir hız treni gibi sarstı. Havaalanı her yöne koşuşturan insan trafiğiyle kalabalıktı ve ben turistlerin arasından sıyrılıp bir an önce şehre ulaşmaya karar verdim.

Bir araç kiraladım ve araç kiralama servisinden bir harita istedim. Onlar bana, tarihi 17. yüzyıla kadar uzanan küçük bir köye, Amersfoort'a nasıl gideceğimi anlattılar. Burası, annemden duyduğum bir yerdi. Otuz yıl önce bir üniversite değişim programıyla bu köye gitmişti. Henüz on dokuz yaşındayken çok kısa bir süre yaşadığı küçük bir kasabaya dair çok güçlü duyguları vardı. Bu yüzden kardeşim ve ben de anneme, Hollanda'da bıraktığı eski bir erkek arkadaş konusunda takılırdık.

Amersfoort, A1 ve A28 otoyollarının kesiştiği noktadaydı. Neredeyse Hollanda'nın tam ortasında, Utrecht kasabasının yakınlarındaydı. Haritayı ve anahtarları aldım ve hayatımda gördüğüm en küçük arabaya bindim. Aracın sürücü koltuğunun solda olacağını düşünmüştüm, ama sağda olduğunu görünce şaşırdım. Bunaltıcı şehirden ayrılıp huzurlu doğaya doğru yol alırken, kanallar ve suyollarından oluşan bir örümcek ağının içinden güvenle sıyrıldım. Yolun iki yanında çiçekler açmıştı ve fark ettiğim şeylerden biri, yoldaki bisiklet trafiğiydi. Bu da beni üniversite yıllarıma, California otobanlarının her metresini arşınladığım günlere götürdü.

Daha sonra, resme Lacy ve Boo dahil olduğunda, yolları bırakıp dağlarda bisiklete binmeye başladım. Lacy benden, ince lastikli Trek marka şehir bisikletimden vazgeçip onun yerine kalın lastikli Gary Fisher dağ bisikleti almamı istemişti. Ben de bu değişimi ve dağ ve ormanlarda kayaların üzerinde bisiklete binme şansını geri çevirmedim. Dağların, Orange County'nin caddelerindeki trafikten daha emniyetli olacağını söylemişti.

Bir de eklemişti, "Ben bencil bir insanım. Dul bir anne olmak istemiyorum."

Yeni bisikletimi aldığım ilk yıllarda her Cumartesi sabahı uyandım ve bisikleti arabanın arkasına sıkıca bağlayıp on beş dakika yol gittim. Sentetik taytımı, kalın kanvas bisiklet şortlarıyla değiştirmiştim ve kendimi şehirden uzakta, vahşi doğada ilerleyen bir dağ adamı, bir savaşçı gibi hissediyordum. O hafta sonu sabahları benim işten, aileden ve yaşamımdaki macerayı tüketmekle tehdit eden diğer tüm sıradan şeylerden kaçışım, enerjimi boşaltmamın bir yoluydu.

Yeni bir bebek sahibi olmak kendi içinde bir maceraydı, ama bu çift yüzlü bir madalyondu. Şehrin devamlılığı bir şekilde boğucuydu ve bir zamanlar olduğum adamın küçük kırıntıları bireysellik için mücadele veriyordu. O zaman bu bölünmüşlük zordu ve bilincinde değildim.

Amersfoort'a doğru ilerlerken, yan yana yüzlerce

bisikletin park edildiği bir şehir meydanından geçtim. Harika bir manzaraydı. California kıyıları boyunca bisiklete binmiş, ama hayatımda böyle bir şey görmemiştim. Tren istasyonunun yakınlarında bir tabela, günde on altı euro ücretle bisiklet kiralandığını söylüyordu ve durmayı düşündüm. Ama sonra küçük bir otel bulma amacıyla devam etmeye karar verdim.

Mağazalar, çiçek arabaları ve işportacılarla dolu büyük, açık bir meydanda durdum ve arabayı bir mağazanın önündeki boşluğa bıraktım. Yaptığımın kurallara uygun olup olmadığından emin değildim. Yürümeye başladım. Bir kasap, birkaç restoran ve bazı giyim mağazalarını geçip küçük bir bisiklet dükkanı buldum. İçeri girdim.

"Merhaba," dedim. Hollandaca en temel sözcükleri bile bilmediğim için utanmıştım.

Kasada bir kadın duruyordu.

"*Hallo,*" dedi.

"*Hallo,*" diye tekrarladım. "Bisiklet kiralamak istiyorum."

Kadın duvarı, üzerinde üç tip bisiklet olan bir fotoğrafı işaret etti, sonra arkasını dönüp içerideki odaya seslendi.

"Toin!"

Ağırlıklı olarak gümüş ve siyah renkteki bisikletler, dar alanın duvarlarındaki dikey askılara asılmıştı ve mağazanın ortasındaki bir askıda bisiklet şortları ve Hollanda yarış takımının tişörtleri vardı. Eski yarışlara dair siyah beyaz fotoğraflar ve bir adamın elinde kupası ile bisiklet üzerindeki resmi kasanın üzerindeki duvarı şenlendiriyordu. Kadın içerideki odaya gelmemi işaret etti. İçeride bir adam oturmuş bisiklet tamir ediyordu. Üzerinde mağazanın adı, *Keistad Fietsen* yazan bir tişört vardı. Siyah saçları tepede mavi tokayla tutturulmuştu ve bir kulağında üç küpe vardı. Vites kutusunu oturtmak için küçük bir ayar ölçme aleti kullanıyordu.

Başını kaldırmadan, "*Hoe gaat het?*" diye sordu. Parmaklarının ucu yağdan simsiyah olmuştu.

"Ben, ah... şey. *Hallo?*"

"Amerikalı mısın?"

"*Da.*" Birden Romence evet anlamına gelen kelimeyi kullanarak yanıtladım. "Yani, evet. Bisiklet kiralamak istiyorum."

Adam vitesleri özel bir aletle test ederek çalışmaya devam etti.

"Ne kadar süre için?" diye sordu bana bakıp.

Omuz silktim. Küçük bir form defterine uzandı ve en üstteki sayfayı yırtıp tarihi yazdı.

"İsim?"

"Jonathan Taylor."

"Başlangıç, orta seviye, profesyonel?"

Soruyu düşündüm ve etrafıma bakındım. Bazı bisikletler bana yabancıydı, ama diğerleri Trek ve Amerika'da gördüğüm diğer tanıdık markalardı. "Başlangıç" sınıfının daha ucuz anlamına gelip gelmediğini ve "profesyonel" sınıfına araba kiralamak için ödediğim parayı bisiklet kiralamak için de ödeyip ödemeyeceğimi merak ettim.

"Profesyonel," dedim kararlı bir şekilde.

Yavaşça yüzüne bir tebessüm yayıldı.

"Profesyonel misin yani?"

"Amerika'da bisiklete binerdim," dedim güvenle. "Bir Gary Fisher'ım vardı."

Uzakta, kiralık bisikletlerin asılı olduğu bir duvarı işaret etti ve çalışmaya devam etti.

"Onları kiralamıyoruz, sadece satıyoruz. Kiralıklar şurada. Seç birini."

"Pedros marka kullanıyorsunuz," dedim. "Amerika'da kullandığımız marka." Yaklaştım ve o anda adamın tekerlekli sandalyede oturduğunu fark ettim.

"Bisiklet aletlerini biliyor musun?" diye sordu.

Başımla onayladım. "Çocukluğumdan beri bisikletleri tamir ederdim. Büyükbabamla birlikte." Tezgahtan bir zincir aldım ve küçükken komşuların çocukları için tamir ettiğimiz bisikletleri hatırlayarak parmaklarımın arasında gezdirdim. Babamın arka bahçedeki atölyesi, frenlerinin ayarlanmasını ya da yeni dişli çark takılmasını isteyenler için aktivite merkeziydi. Bir bisikleti baştan aşağı yenileyebilirdi ve on iki yaşıma geldiğimde, bana disk montaj balata aletini nasıl kullanacağımı öğretmişti. On üç yaşıma geldiğimdeyse, her aletin adını, disk frenlerinin sorunsuz çalışmasını nasıl sağlayacağımı ve diğer çocuklara vitesleri ve zincir problemlerini nasıl tamir edeceklerini öğretmeyi biliyordum.

Mavi saplı bir aleti havaya kaldırdı.

"Bunun ne olduğunu biliyor musun?"

"Konik anahtar. Park Tool marka. Mavi sapından belli."

Bir dizi mavi saplı aleti karıştırdı ve başka birini kaldırdı. "Ya bu?"

"Lastik sökme çubuğu. Lastikleri janttan ayırır. Hadi ama," dedim gülerek. "Bu basitti. Kum havuzundan çıkalım mı artık?"

Merakla bana baktı.

"Kum havuzu. Çocuk oyuncağı. Beşinci sınıfa giden bir çocuk da bilirdi onu."

Yerde duran bir kutuya uzanıp kutuyu açtı. İçinden bir alet çıkardı ve havaya kaldırdı.

"Bu ne?"

Bu kez gösterdiği diğerlerinden oldukça farklıydı.

"Bu şasi kutusu için," dedim.

"Kolay tahmin. Ama yanlış. Başka?"

Dikkatlice düşündüm.

"Emin değilim," dedim. "Garip görünüyor."

"Bu düz aynalı fren millerini takmak ya da değiştirmek için bir anahtar. Hollanda yapımı. Burada küçük bir şirket üretiyor." Gülümsedi. "Adım Toin," diyerek elini uzattı.

"Nasıl bir isim bu?" Tokalaştık. Eli güçlüydü.

"Yüzde yüz Hollanda usulü." Tekrar bisiklete dönüp gerilim kablosu üzerinde çalışmaya başladı. "Jonathan nasıl bir isim?"

"Amerikan," dedim. "Yüzde yüz."

"Çalışmak ister misin?" diye sordu. "Part-time asistanım tatilde. Yardıma ihtiyacımız var."

"Ciddi misin?" Etrafıma bakındım. Mağazada arka çamurluklu şehir bisikletleri vardı. Böylece bisikletle işe gidiyorsanız, bu çamurluklar üzerinizin kirlenmesini önlüyordu. Sonra bir de çeşitli markalarda profesyonel yarış bisikletleri vardı. Bir duvarda ise, her yaş ve seviyeye göre, süspansiyonlu ve süspansiyonsuz dağ bisikletleri asılıydı.

Heyecanlandığımı hissettim. Özüme dönüyordum.

"Evet," dedim başımı sallayarak. "Çok isterim."

Evrenin çekimini takip etmeye, sanki ruhumun içinde görünmez bir pusula varmış gibi zaman içinde beni sürüklediği yoldan gitmeye alışmıştım. Üniversiteden mezun olup ilk işime başladığımda da böyleydi. Doğal bir histi, çabucak karşıma çıkıyordu, manyetik bir çekimdi bu. Lacy'yle tanıştığım zaman da aynısı olmuştu, sanki içimdeki pusula, beni ona götüren manyetik bir güce sahipti.

Zaman içinde tüm enerji dolu parlaklığıyla Dünya'nın iki ucunda iki kutbu olan dev bir mıknatıs olduğunu öğrendim. Manyetik çekim olmadan, pusula bir işe yaramayacaktı ve yaşamlarımızda da bunun etkin olduğuna inanmamak mümkün değildi. Bazen hissedebildiğiniz en etkili güç, bir yerle, şimdi ve sonraki adım arasındaki zamanda bir başka yerdir. Manyetik çekim her şeydir.

"Nerede kalıyorsun?" diye sordu Toin.

"Buraya gelirken gördüğüm otelde kalacaktım," dedim. "Önerin var mı?"

"Berg Hotel mi?"

Başımı salladım.

"Harika bir oteldir, ama konferans otelidir orası. Biraz büyük ve pahalı, değil mi?"

"Bilmiyorum," diye yanıtladım. "Belki bir gece kalırım, sonra başka bir yer bulurum."

"Burada kalabilirsin," dedi Toin ve üst katı işaret etti. "Dükkanın üzerinde bir dairemiz var. Üç odalı. İstersen çalışma karşılığında kiralayabilirsin."

Teklifi düşündüm.

"Gerçekten," dedi. "Çok güzeldir."

Arkadan elinde küçük kahverengi bir torbayla bir kadın

geldi. Torbayı, Toin'in yanındaki masanın üzerine koydu.

"Anja sana yukarıyı göstersin," dedi.

Daireyi gezdim ve on dakika içinde Anja beni kalmaya ikna etti. Günlük işlerini, Toin'le birlikte genelde dükkanda çalıştıklarını ve çoğu akşam dışarıda yemek yediklerini anlattı.

Anja'nın anlattığına göre, Toin kariyerini sonlandıran bir bisiklet kazasında yaralanmıştı. Bunun üzerine şehirdeki bisikletleri tamir etmek için bir bisiklet dükkanı açmıştı ve şehir bisikletleri konusunda bir numaralı dağıtıcı olmuşlardı. Anja beni aşağı götürdü ve Toin'e, sabah işe başlayacağımı söyledi.

Toin saatine baktı.

"Bizle bara gelmek ister misin?" diye sordu. "Şimdi gidiyoruz."

"Elbette," dedim. "Neden olmasın?"

"Ama önce bir yardım edebilir misin?" dedi ve bisikleti işaret etti.

Bisikleti tamir sehpasından kaldırdım. "Nereye koyayım?"

Toin duvardaki yüksek bir askıyı işaret etti. Bisikleti başımın üzerine kaldırdım ve onu askıya takmak için parmak uçlarımda yükseldim.

"Ters çevir," dedi. "Tekerlekler bu tarafa." Dükkanın giriş tarafını işaret etti.

Bisikleti çevirdim ve askıya astım.

Toin bir bez ve ardından bir havluyla ellerini kuruladı. Sandalyesinin tekerleklerini çevirerek çıktı ve ön tezgahın etrafından dolanıp kapıya yöneldi.

"Gidiyoruz," dedi ve ön kapıyı kilitledikten sonra, Anja ve ben onun ardından yürüyüp canlı bir bara girdik. Barı geçtik ve yan masalardan birine oturduk. Toin'in tekerlekli sandalyesi masaya harika bir şekilde yanaştı. Barmen bize doğru bir havlu salladı ve saniyeler içinde bir sürahi koyu bira geldi. Garson kız, Toin ve Anja'yı yanaklarından öptü ve bana elini uzattı.

"Ben Nu Nu," dedi. Öyle çarpıcı bir güzelliği vardı ki cevap veremedim. Ağzı küçük, elmacık kemikleri çıkıktı. Kalın kaşmir bir örtü gibi omuzlarından aşağı dökülen simsiyah saçları vardı. Amerika'da bu renk saç gördüğümü hatırlamıyordum, gece mavisi ve siyah karışımı gibiydi. Ayağında botları vardı ve kısa kot bir etek giymişti.

"Bu Jon," dedi Anja gülümseyerek.

Başımı salladım. "Nu Nu? Çok değişik bir isim."

"Büyükannem bana Nu Nu diye seslenirdi. Ben de onu kullanıyorum."

Ardından Nu Nu uzaklaştı, ben de kızlarımı hatırladım. Lacy ve Boo sarışındı, hatta öyle sarıydı ki saçları, nereye gitsek, bir Cumartesi günü şehir meydanında ya da pazarda insanlar bizi durdururdu. *Saçlarınız bir harika!* derler ve eşime sorarlardı, *bu sizin gerçek renginiz mi?* Aynı renk saçlara sahip olan çocuğumuzla bariz ilişkisi yüzünden, ikinci soru onu sinirlendirirdi.

Ve doğal rengi olmasaydı bile, kimi ilgilendirirdi ki? Bu dünyada işlenmiş besinlerle, diş macunundaki beyazlatıcıyla, hava ve sudaki kimyasallarla yaşıyoruz, derdi, doğal olan ne var ki?

Toin'in bana koyduğu birayı içtim ve hastanedeki

o son, neticesiz günleri, Lacy'nin yanında oturuşumu ve saç renginin nasıl değiştiğini hatırladım. Aldığı ilaçlardaki bir şey, saçlarını koyu sarıya dönüştürmüştü. Neredeyse bal rengiydi. Hem de her şey üç hafta içinde olmuştu.

Boo gitmişti. Aylardır önceki yaşamımdan hiç kimseyle konuşmamıştım, ama geçmişle olan bağımı koparmamın hiçbir yolu yoktu. Sürekli nereden geldiği belli olmayan bir anıyla sarsılıyordum. Kazadan sonra Lacy komada, doktorlar yanı başındaydı. Dördüncü haftaya girildiğinde Lacy küçük sözcükler söylemeye, kozasından çıkmaya başlamıştı. Bense olmam gereken eş olamıyor, nefret ve öfke topuna sarılı bir şekilde kendi kozama doğru ilerliyordum.

Lacy'nin annesi, kız kardeşi ve tüm arkadaşlarımız 7/24 hastanenin lobisine kamp kurmuştu ve ben, düşüncelerime odaklanamıyor, o özgürlüğe erişemediğimi hissediyordum. Lacy'nin odasından çıktım ve dışarıda, olan her şeyi telafi edecek sözler söylemek için bekleyen biri vardı.

Birinin bağışlar için açtığı bir internet blogu.

Eve giren yemek ve kokuların istilası.

Yıkılmış baba, şefkatli koca rolünü oynamaya zorlanmıştım, ama hepsi yalandı ve sonunda, bunu daha fazla sürdüremeyeceğimi anladım. İçimde, beni tüketmekle tehdit eden bir nefret vardı.

Nasıl yapabilmişti?

Polis raporu netti. Lacy bir kız arkadaşına mesaj yazıyordu. Basit bir şey. Aptalca bir şey. Kızımın hayatına son veren basit bir cümle.

Altı sözcük.

Tek bir düşüncesiz, ihmalkar iletişim anı ve tüm evrenimiz tepetaklak olmuştu. Şefkatli koca olamazdım. Bu oyunu *oynamayacaktım*.

Sadece kardeşim anlamıştı neden ya da nasıl olduğunu, hatta beni de kaybettiklerini. Sadece kardeşim benim neler hissettiğimi anlayabilecek kadar farkındaydı ve kendinden ve duygularından sıyrılmayı başarmıştı.

Zihinsel, duygusal, hatta fiziksel olarak orada, o hastanede otururken bile, çoktan gitmiştim. Bağlılığı önemsemiyordum; cep telefonu, ev ya da bahçe veya faturalar umurumda bile değildi.

Kazadan iki ay sonra orayı terk ettim, Lacy orada, Mission Viejo'daki Mission Hastanesi'nde komada, yaşam savaşı verirken.

"İyi misin?" diye sordu Anja. "En yakın arkadaşını kaybetmiş gibi görünüyorsun."

Kendimi berbat hissettim. Gerçekten de kaybetmiştim. Cevap veremedim.

Birayı içtim, ardından bir tane daha doldurdum. Biri müziğin sesini iyice açtı, bardaki insan sesleri desibeli biraz daha artırdı, düşünmekte zorlanıyordum.

"Neden geldin buraya?" diye sordu.

"Bir parçalanma yaşıyorum."

Toin gözlerini devirdi. Yeni arkadaşlarım bir an durup bu söylediğimi düşündüler.

"Belki de parçalanma değil, bir atılım yaşıyorsundur," dedi Toin. Bardağını havaya kaldırdı ve tokuşturduk. Ardı ardına içtik ve ben onlara, çöldeki yolculuğumu, yol boyunca tanıştığım insanları anlattım. Adirondacks'te bir kulübede sadece pencereden dışarı bakmak ya da banyoya gitmek için yataktan çıkmak dışında hiçbir şey yapmadan nasıl üç gün geçirdiğimi anlattım.

Anja ve Toin benimle birlikte içtiler, dinlediler ve ilk sürahi bittiğinde, bir tane daha istediler.

İnsanlar bara girip çıkıyor, pek çoğu yanımıza geliyor ve ya Toin'e sarılıyor ya da barın diğer ucundan el sallıyorlardı. Herkes onu tanıyor gibiydi ve garson kız son sürahiyi de getirdiğinde ben kredi kartımı çıkardım, ama kız almayı reddetti.

"Toin'e içkiler bedava," dedi "ve eğer sen de Toin'in arkadaşıysan, sana da bedava."

Kendimi hafiflemiş hissediyordum. Biranın etkisi başıma doğru yayılıyor, düşüncelerimi bulanıklaştırıyordu.

"Gerçekten mi?" dedim. "Bu arkadaşlığı sevmeye başladım."

Bir adam elinde bir kalem ve bir fotoğrafla masaya geldi ve Toin'den imzalamasını istedi. Ona Hollandaca bir şeyler söyledi.

"Sen rock yıldızı falan mısın?" diye sordum.

Anja güldü. "Şaka mı yapıyorsun?"

"*Domestique*," dedi Toin net bir şekilde. "Sen bisikletçi falan değilsin. En azından gerçek bir bisikletçi değilsin."

"Toin," dedi Anja. "Çok içtin."

"Gerçek bir bisikletçi değil, yoksa bilirdi beni."

"Toin Hollanda'daki en önemli turu kazandı," diye açıkladı Anja. "Çok ünlü bir bisikletçiydi, Tour de

France'da yarıştı."

Oturduk ve onlara bakakaldım.

"Çok üzgünüm... Ah Tanrım, çok üzgünüm," tekerlekli sandalyeye baktım. "Ama nasıl..."

"Siz Amerikalılar hep böyle misiniz?" dedi Toin.

"Ne demek istiyorsun?"

"Hepiniz böyle oturup kendine acıyan zavallı tipler misiniz?"

Anja ayağa kalktı ve bara doğru yürüdü.

"Ben kendime acımıyorum," diye cevap verdim.

"Ah, hadi oradan, dalga mı çekiyorsun? Dükkana adımını attığın andan beri ahmak gibi davranıyorsun. Üç saattir yüzünü yere dönüp oturuyorsun burada, kendi dünyanda kaybolmuşsun."

"Sen benim hakkımda hiçbir şey bilmiyorsun," dedim. "Ben çok şey kaybettim."

"Tekerlekli sandalyede olanın ben olduğumu biliyorum, ama sen benden çok daha zavallısın," dedi. Ona vurayım mı, yoksa kalkıp orayı terk mi edeyim, bilemedim. Bir kez daha donup kalmıştım.

"Eski acılar çapa gibidir," dedi. "Faydasız."

Bardağıma baktım. Kahverengi sıvı dönüyordu. Çok fazla içtiğimi düşündüm.

"Artık aşmak zorundasın," dedi Toin, "oyuna geri dön."

"Ah, demek bu konularda uzman sensin," dedim. "Bir bisiklet dükkanında çalışıyorsun, hem de bir zamanlar dünya çapında bir bisikletçiyken? Bunun neresi oyuna geri dönmek, anlamadım. Daha çok pes etmeye benziyor."

"Kendime acıyabilirdim, biliyorsun. Kariyerime, hatta neredeyse hayatıma mal olan hatayı yapanın *ben* olduğum gerçeğine kapılıp gidebilirdim. Tek bir hata yaptım –saniyenin onda birinde- ve şimdi sonsuza dek bununla yaşamak zorundayım."

"Seni tekerlekli sandalyeye mahkum eden hatayı sen mi yaptın? Sana araba çarptığını sanıyordum?"

"Araba çarptı. Yarışıyordum ve yere baktım. Gözümü yoldan ayırmamam gerekiyordu, ama viteslere baktım ve konvoydaki bir arabaya çarptım. Aptalca bir kazaydı."

Şaşkınlık içinde başımı salladım.

"Şaka yapıyorsun."

"Yaşamımı değiştiren o bir saniyelik hata için kendimi affetmek zorunda kaldım. Çok aptalcaydı. Yıllarca aldığım eğitim pencereden uçup gitti."

"Bununla nasıl baş ediyorsun?"

"Çok başarılı değilim aslında," dedi Toin. "Ama hepimiz insanız, hepimiz hata yaparız. Devam etmek zorundayız."

Hiçbir şey söylemedim. Sonra Anja geri geldi. "Sorunlarınızı çözdünüz mü, bakalım?" diye sordu alaycı bir şekilde.

Ben derin bir nefes aldım ve sandalyeme gömüldüm. Toin'e baktım, şimdi sırıtıyordu.

O anda göz göze geldik ve isterik bir şekilde kahkahalara boğulduk.

10. *Bölüm*

BEKLENTİLER

Bazen sevginin ne olduğunu bildiğini sanırsın ya da herhangi bir şeyin, oysa gerçekte hiçbir şey bilmiyorsundur.
- Anonim

Her sabah odamın dışındaki balkonun puslu havasına çıktım ve şehir merkezini seyrettim. Anja bana, şehrin büyük bölümünün hala, 16. yüzyılda ilk inşa edildiği gibi olduğunu söylemişti.

Kırsal kesim ormanlıktı. Manzara daha önce gördüğüm herhangi bir yerden daha farklı, çok daha yeşildi. Amersfoort köy hissi veren bir şehirdi. Şehrin dışında olağanüstü köyler, ineklerin, koyunların ve çiftçilerin yaşadığı küçük yerler vardı. Ama şehrin merkezi çok hareketliydi ve akşamları, insanlarla dolup taşan cafelerin bulunduğu canlı bir meydan olan De Hof'a giderdik.

Bir akşam Toin beni, etrafında pek çok bar olan Lieve Vrouwekerkhof meydanına götürdü ve sessiz barlardan tekno müzik ve dansçılarla sallanan gece kulüplerine doğru yavaşça ilerledik. Bu, uzun zamandır yaşadığım en çılgın geceydi ve oradan ayrıldığımızda saat, orta yaşlı bir adamın görmesi gerekenden çok daha ilerideydi.

Ertesi gün berbat geçti ve ben günün çoğunu içeride, örtülerin altında geçirdim.

Kısa sürede bu kültüre alıştım ve kendimi oraya, hiçbir yere olmadığım kadar ait hissetmeye başladım. Amersfoort'un manzarası çok gizemliydi.

Nu Nu, Amsterdam'da bir üniversitede çevre araştırmaları alanında doktora eğitimi alıyordu ve Amersfoort'taki ışık fenomeninin, gökyüzünden tuhaf bir aura yansıtan izomerin bir sonucu olduğunu söyledi. Hollanda ışığına dair sanatçı ve tarihçilerin yıllardır tartıştığı bazı teoriler vardı. Film yapımcıları bile bu konuda, *Hollands Licht* adında bir film yapmışlardı ve Nu Nu bu filme ilgi duyuyordu.

Her gün gökyüzü eşsiz ve farklı bir tuvale dönüşüyordu. Sürekli onu inceler ve ne yapıyor olursam olayım, mutlaka başımı kaldırıp gökyüzüne bakardım. Nu Nu Hollanda'daki çimenlerin, dünyanın herhangi bir yerinden daha çok klorofil içerdiğini ve bulutlardan gelen ışığı, başka hiçbir yerde görülmeyecek derecede yansıttığını söylemişti.

Bazen bisiklete binerken başımın üzerinde koyu leke gölgeleri olduğunu fark eder, bir süre sonra ise esrarengiz bir ışık huzmesi ile karşılaşırdım. Heyecan vericiydi.

İlk haftanın sonunda, barda söylediğim söz meşhur olmuştu ve ne zaman bara gitsek, Nu Nu ya da bir başkası Toin'in yanına gelir ve hiçbir şey bilmeyen bir Amerikalı edasıyla, *Sen ünlü falan mısın?* diye sorardı. Ben de güler, biramı içermeye devam ederdim.

Toin ve ben çabucak arkadaş olduk ve birbirimize öyle benziyorduk ki kardeş olmamız muhtemeldi.

"Senin işin ne?" diye sordu bir akşam. İki sürahi bitirmiştik ve ben, daha zengin aromasıyla koyu biraya alışmıştım. Amersfoort'un kendi birası vardı ve Toin'in barı, geniş Hollanda ve Belçika biraları seçenekleriyle meşhurdu. Nedense biranın tadı Hollanda'da, Amerika'da olduğundan çok daha güzel geliyordu. Bir yemek yerine geçebilirdi, ama barda, kıymalı ve patates püreli oturtma gibi atıştırmalık harika yemekler de vardı.

"Pardon?" diye sordum. "İş derken?"

"Amerika'daki işin? Mesleğin?"

"İlaç satıyorum. Satıyordum, aslında."

Nu Nu gözleri kocaman açılmış, elindeki tepsiyle kalakaldı. Yüzleri bembeyaz oldu.

"Öyle ilaç değil," dedim hemen.

Toin güldü, "Sahte ilaç mı?"

Nu Nu masanın üzerine likör bardaklarını koydu.

Toin bir an sessiz kalıp düşündü.

"Bir bisikletçide çalışmadığını biliyorum, zincir aşınmışlık göstergesini bilmiyorsun ne de olsa. Profesyonelmiş!" diyerek dalga geçti.

"Çok komik."

"Sana onun nasıl kullandığını öğretebilirim," dedi Toin, "ama öğretemeyeceğim bazı şeyler var."

"Ne gibi?"

"Yaşamda olduğu gibi, bu işte de temel olan bazı şeyler ve sanat olan bazı şeyler var. Tekerlek yapmak sanattır. Beceri gerektirir. Tekeri dümdüz yapabilmelisin, doğru uzunluktaki jant tellerini nasıl bulacağını bilmelisin. Sanat farklı bir şeydir, sende ya vardır ya da yok."

Yeni arkadaşıma baktım ve Solomon onun için ne derdi, merak ettim. Toin tutkusuz insanların dünyasında, tutkusu çok yüce ve bariz bir adamdı. Bisikleti yaşıyor, bisikletleri seviyor ve onlar üzerinde çalışarak mutlu oluyordu. Çoğu insan yaşamını araştırarak geçirirken, o aradığı şeyi bulmuştu bile.

"Ünlü bir bisikletçi olmak nasıl bir şeydi?" diye sordum. Aslında öğrenmek için can atıyordum. Bir Perşembe gecesiydi ve bar ve masalar oranın yerlileriyle doluydu.

"Aslında bazen çok üzücü," dedi kötü bir İngilizceyle.

"Nasıl yani?"

"Hayalini yaşıyorsun, ama bir bedeli var. Her zaman fedakarlıklar yapmak zorundasın ve iyi tanındığın zaman, insanlar seni sevdikleri için mi yanında, yoksa yaptığın iş ya da temsil ettiğin takım uğruna mı yanında, bilemiyorsun."

"Ama yaşam da böyle değil mi, zaten?"

"Evet, ama ünlü olduğunda insanlar sana doğru koşuyor, doğal olan bu. Akla getirdiği çağrışım oldukça cazip, meşhur bir arkadaşın olduğunu söylemenin egosu. Ama kadınlarla sorun olmuştur."

"Ne gibi?"

"Anja'dan önceki kız arkadaşım, eski erkek arkadaşından uzak kalamıyordu. Kariyerimin zirvesindeyken tanıştık ve ben aşık oldum. Onun da beni sevdiğini düşünüyordum. Ama ne kadar ünlü olsam da, ne kadar büyük bir hayat yaşasak da, o hep eski erkek arkadaşına dönüyordu. O adam sıradan bir tamirciydi. Ama sonuçta ona olan sevgisini saklayamadı. Ya da bana olan sevgisizliğini demeliyim."

"Berbat bir şey, dostum."

"Ne dedin?"

"*Berbat* dedim. Çok kötü anlamına geliyor." Toin güldü.

"Hollanda'nın dışına çıkmadın mı?" diye sordum.

Başını salladı.

"Avrupa'yı gezdim, ama hepsi bu." İnsan kalabalığına doğru baktı ve ona el sallayan bir adama başıyla selam verdi. "Şu ilaç işini anlat," dedi. "Önemli bir ilaç mıydı?"

"Evet," dedim. "Öyleydi. Aslında ilaçtan daha fazlasıydı. Benim araştırmam beyinle ilgiliydi, eşim de beyin üzerine araştırmalar yapıyordu. O nörologdu ve ikimiz de beynin işleyişine hayranlık duyardık."

"Evli miydin?"

"Evliyim," dedim ve o anda yakaladım kendimi. "Bu konuda konuşmak istemiyorum."

Toin elini havaya kaldırdı. "Sorun değil." Biraz bekledikten sonra konuşmaya devam ettim.

"İlaçları ve onların beyin üzerindeki etkilerini araştırıyordum. Aslında teorilerimden biri, bazı yetişkinlerin, bir travmaya ya da önemli gelişim yıllarında oluşan bir başka olaya bağlı olarak gelişmemiş ön kortekse sahip oldukları yönündeydi." Biramdan bir yudum aldım ve bu söylediğimi düşündüm. California'dan ayrılmadan önce bu teori üzerinde çalışıyordum.

"Düzensiz beslenme ya da diğer faktörler sonucunda bedenin diğer bölgelerinin gelişimi engellenmiş olabilir, örneğin boy uzaması gibi. Dolayısıyla beyin gelişiminin de çeşitli yollarla engellenmiş olması oldukça mantıklı. Bazen hüküm verme ya da sonuca ulaşma konusunda yetersiz olan yetişkinler görürüz. Bazı vakalarda ise, muhakeme yetisinin eksik olduğu yerlerde, benim teorime göre ön korteks tam olarak gelişmemiş oluyor."

Toin bana baktı. İş konuşmak iyi gelmişti.

"Bu harika," dedi.

"Gerçekten mi?"

Başını iki yana salladı. "Hayır."

İkimiz de güldük.

"Belki bazen sadece aptalca şeyler yapıyoruz," dedi Toin. "Belki hepsi bu kadar basit."

"Kesinlikle," dedim. "Kesinlikle."

"Biliyor musun," dedi Toin, "çok güçlü bacaklarım vardı. Ağaç kütüğü gibi büyük bacaklar. Bir bisikleti hızla hareket ettirebilen bacaklar. Ama şimdi beynim çok daha güçlü. Aklım, benim en önemli mal varlığım."

"Her şeyin bir sebebi vardır," dedim.

Toin gözlerini dikip bana baktı. "Vay canına, Gandhi, bu çok esaslı oldu."

İki hafta kadar sonra, Toin bana ihtiyaç duyduğunda yarım gün bisikletçide çalışıp günün geri kalanını küçük kasabaları gezerek geçirmeye alışmıştım. Bazen arabayı alıyordum, ama çoğu zaman bisikletle dolaşıyor, kendimi her açıdan keşfederek caddeleri ve suyollarını arşınlıyordum.

Pürüzsüz caddelerde bisiklet kullanmaya alışık değildim ve bir gün dükkanın önündeki kaldırımdaki çakıl taşlarının üzerinde kaydım ve içeri dizlerim kanayarak girdim. Toin hiçbir şey söylemedi, ben de üzerinde durmadığı için minnettar oldum.

O hafta ilerleyen günlerde, Solomon'u arayacağıma söz verdiğimi hatırladım ve Toin'e, yurtdışı arama yapmak için telefonunu kullanıp kullanamayacağımı sordum. Braşov'daki numarayı tuşladım ve telefona Victorita çıktı. Saniyeler sonra genç arkadaşım telefona geldiğinde, sesi bir Noel ağacı kadar canlıydı. Benden adresimi istedi.

"Ziyarete mi geleceksin?" diye takıldım.

"Hayır, Bay Amerika. Bir mektubun var."

"Ne?"

"Sana bir mektup geldi."

Kalbim duracak gibi oldu. Aklım hemen Amerika'ya gitti, ama sonra kimsenin benim nerede olduğumu bilmediğini hatırladım. Ben bile nereye gideceğimden habersizdim. Ayrıca kimseyi, kardeşimi bile aramamıştım.

"Kimden?" diye sordum.

"İtalya'dan olduğu yazıyor," dedi Solomon.

Bütün hafta, altımda hibrid bir dağ bisikleti ile dolaştım durdum. Aklımda Pete ve mektubu vardı. Solomon Victorita'dan, mektubu bana göndermesini isteyecekti ve bu bekleyiş oldukça can sıkıcıydı.

Dizlerimdeki yaralar iyileşiyor, sonra duşa girince tekrar açılıyor ve yine kapanıyordu. Pantolon giydiğim takdirde kumaş dizime sürtünüp yaraları açıyordu. Yaşlanan bedenim eskisi kadar bağışlayıcı değildi ve yaralarım giderek daha geç iyileşiyordu.

Çocukken dizimi kanatır ve unuturdum. Bir hafta sonra ise ne olduğunu bile hatırlamazdım. Şimdi bir yetişkin olarak, yaralar uzun süre geçmiyordu.

Hollanda'da, neredeyse dünyanın herhangi bir yerinde olduğundan daha güçlü bağlar kurdum.

Anja ve Toin yıllardır birliktelerdi ve evlenmekten, birlikte kuracakları gelecekten, belki de çocuk sahibi olmaktan konuşuyorlardı. Onlar yeni bir hayali gerçekleştirme sürecindeydiler. Toin'in dünya çapında bir bisikletçi olma hayali geçmiş, ama bu onun yeni heyecan verici olasılıklar yaratmasına engel olamamıştı.

Nu Nu ve Anja ile sohbetler ettim. Onlar bana yol gösteren iki abla gibiydiler. Bazen Nu Nu bisikletine atlar, benimle kırlarda bisiklete binerdi.

Nu Nu doktora eğitimini bitirmek üzereydi ve şehrin dışına çıktığımız günlerde durur ve çalışmaları için çiçekler, taşlar, çimen numuneleri toplardı. Her zaman çalışıyor, kendini geliştiriyordu.

Bir Salı sabahı bisikletle parka gittik ve onları suyun üzerindeki bir köprünün kenarına bıraktık. Nemli çimlere oturduk ve yaşamın akışını izledik. Onun İngilizcesi benim Hollandacamdan iyiydi, ama yine de yarım yamalaktı ve bazen sözcükleri yanlış söyleyebiliyordu.

"Ülkenizde bir sürü Starbacks olduğunu okudum," dedi. "Hani herkesin buluşup sohbet ettiği yer."

"Starbucks?"

"Kahve yeri işte, değil mi?"

Başımı salladım. "Neredeyse her köşede. Ama sizin kahve dükkanlarınız gibi değil. Bizimkilerde esrar satılmıyor."

Gülümsedi. "Starbacks'i seviyor musun?"

"Pek değil," dedim. "Ama eşim her sabah uğramadan edemezdi. Kahvesini almak üzere Starbucks'a uğrayabilmek için her sabah saat tam altıya on kala evden çıkardı."

"O yanında yok, Amerika'da mı?"

"Evet."

Nu Nu gözlerini çevirdi.

"Senin için zor olmalı," dedi.

"Öyle bir şey."

"Ondan söz ederken gözlerin doluyor. Üzülüyor musun?"

"Onu seviyorum," dedim. "Ama neler olacağını bilmiyorum, o yüzden onu düşünmek beni üzüyor. Üzülmek istemiyorum. Şu anda hiçbir duyguyu yaşamak istemiyorum."

"Duygu yaşamakta bir problem yok, o duygunun seni tanımlamadığını bildiğin sürece. Seni üzen ya da sinirlendiren her neyse, çok önemsizdir. Bu sadece duygudur. Duygularımızın bizi biz yapan unsurlar olduğuna inandığımızda bugünün gerçekliği yerine geçmişe ait bir kimliğe bağlanırız."

Gözlerine baktım ve o anda yemyeşil bir deniz gördüm. İri ve badem şeklinde gözleri vardı. Yeterince uzun baktığım takdirde, bir arkadaştan daha fazlasını görebileceğimi biliyordum.

"İngilizcem çok iyi değil," dedi. "Ama nasıl diyorsunuz, uyanmak gerekiyor. Şimdi yaşamak için uyanmak. Bu anda."

Aniden, sanki tek bir yöne çekiliyormuşum ve eskiden sahip olduğum hayatı sonsuza dek görmezden gelecekmişim gibi hissettim. Neredeyse iki aydır evimden uzaktaydım, eski yaşamıma dair küçük şeyleri unutmaya başlamıştım bile.

"Şu anda yaşanan acıları görmezden gelmek daha kolay," dedim sonunda. "Ya da geçmişte yaşananları. Sonsuza dek birlikte olacağımızı düşünmüştüm..."

Nu Nu siyah saçlarını başının üzerinde toplayıp sardı ve bir düğüm attı.

"Belki de sonsuzluk kavramını yeniden tanımlamanın zamanı gelmiştir..." dedi.

"Yani?"

"Ev, eş ve çocuklar. Bu Amerikan rüyası mı?" diye sordu. "Çünkü sen sanki yaşamın doğal bir süreci olan ölüm için değil de, bir hayalin ölümü için yas tutuyormuş gibisin."

"Belki," dedim, haklı olabilirdi. "Ama sanırım tüm bunlar bu ıstırabın bir parçası." Lacy'nin hamile olduğunu öğrendiğimiz andan itibaren kurduğum hayalleri düşündüm. Gerçekleştiremediğimiz öyle çok şey kalmıştı ki.

"Belki yaşam bir sürü küçük sonsuzluktan ibarettir," dedi Nu Nu, "tek bir sonsuzluk yerine."

"Ne demek istiyorsun?"

"Yani biriyle evlenip yirmi yıl yaşadığımızda yaşamın iyi olduğunu düşünürüz ve resim hep aynıdır. Ama belki de yaşam bir duvar halısı gibidir. Olamaz mı? Tahmin edilemez. Belki yaşam tek bir hikaye değil, bir dizi küçük hikayedir."

"Artık gitsem iyi olacak," dedim.

11. Bölüm

BIRAKMAK

Çok geçmeden, Hollanda'ya, kültüre ve dile alıştığımı fark ettim. Şimdi dükkandaki bisikletler hakkında cümleler kurabiliyordum ve yüzümde yeni bir hayatın izleri vardı. Bu bir evrimdi, sanki benliğimin bir parçasını çıkarıp atmış ve bir başka şeye doğru ilerliyor gibiydim.

Genelde az konuşuyor, bisikletleri tamir ediyor ve bazı günlerimi, kahvemi alıp kitaplarla örülü bir duvardan istediğimi seçebildiğim halk kütüphanesinde geçiriyordum.

Bisiklet dükkanına gelen ve benim Hollandalı olduklarını düşündüğüm insanlar vardı. Çoğu Avrupa'nın başka ülkelerinden gelen turistlerdi. Bazıları İngilizce ya da Hollandaca bilmeyen ve işaretlerle anlaşıp Japonca ya da Çince konuşan Uzakdoğululardı. Oranın yerlisine benzediğim ve birkaç kelimeyle açığı kapatabildiğim için, dille ilgili engeller kolayca ortadan kalkıyordu.

Kaçma çabalarım başarılı olmuştu. Eski yaşamımdan kaçıp yeni bir dünyada yeni bir yaşama adapte olmayı başarmıştım.

⁂

Bir Çarşamba günü, dükkana bir Amerikalı geldi ve bisiklet kiralamak istediğini söyledi. Üzerinde benim okuduğum üniversitenin, Florida Üniversitesi'nin arması bulunan beyaz bir tişört ve ayağında hangi ulustan olduğunu açıkça ele veren turuncu Crocs terlikler vardı.

"Bir bisiklet kiralamak istiyorum," dedi.

"*Ik begrijp het niet*," dedim ve sanki anlamamışım gibi baktım.

Arkasını döndü ve eşini bekledi. İçeri yine Amerikan giysileri ve ayakkabıları giyen bir kadın girdi. Bir elinde sözlük, diğer elinde bir kutu soda vardı.

"Hollandaca bisiklet diyebilir misin?" diye sordu adam eşine.

Kadın kitabın sayfalarını karıştırırken bekledik. Ardından kadın bir sayfayı açıp kocasına gösterdi.

"*Fiets,*" dedi adam zar zor. "Bisiklet kiralamak istiyoruz."

"*Ja,*" dedim. Sonra içeri Anja girdi.

"Yardımcı olabilir miyim?" diye sordu ters ters bana bakarak.

Adam derin bir oh çekti. Sanki vücudundaki tüm stres o anda yok olmuştu.

Üçüncü defa, "Bisiklet kiralamak istiyoruz," dedi.

Anja onlarla ilgilendi. Amerikalılara iki bisiklet verdi ve onları gönderdi.

Ben de arkalarından "*Goede reis!*" diye seslendim. "İyi yolculuklar!"

⁂

O akşam daha sonra barda oturduk ve Anja beni takındığım tavırla yüz yüze getirdi.

"Senin derdin ne?" dedi suçlar gibi. "Amerikalıların senin de onlardan biri olduğunu anlamamaları için uğraştın. Ne yani, Hollandalı mı oldun şimdi?"

"Ben gizli kalmayı tercih ediyorum."

"Ja," dedi alaylı bir şekilde. "Yaşamından kaçmaya devam edebilesin diye."

O hafta sonu Toin benden, şehrin daha yumuşak yönlerini görmek için doğada bisiklet turuna çıkan bir grup turiste eşlik etmemi istedi. Bu genelde çoğu hafta sonu yapılan ve Anja'nın dükkan çalışanlarından biriyle birlikte eşlik ettiği bir turdu ve belirlenmiş bir rotası vardı. Tur bisiklet dükkanından başlayacak, şehrin içinden geçip daha yeşil bölgelere uzanacaktı.

Son turist de geldikten sonra, sabah sekiz sıralarında yola koyulduk. Şimdi haftalardır bisiklete bindiğimden kendimi güçlü hissediyordum. Bedenim hızla uyanıyor, kaslarım güçlenip gelişiyordu.

En arkada Anja, en önde ben, turistler tek sıra halinde takip ediyorlardı. Bir saat kadar sonra, birden karşıma bir Mini Cooper çıktı ve neredeyse üzerime çıkıp beni yolun dışına fırlattı. Gidonu yana kırdım ve tekerlek kaldırımın üzerinde kayıp beni aşağı attı. Gidonu sıkıca tuttum ve öne doğru devrilip sert bir şekilde toprağa çarptım.

Anja hemen yanıma gelip bisikletinden indi.

"Ne oldu?" diye sordu. "İyi misin?"

Yüreğim ağzıma gelmişti.

"Az kalsın o arabanın altında kalıyordum, olan bu işte," dedim öfkeyle.

"Araba senin yakınında bile değildi," dedi.

"Ne? Az kalsın üstümden geçiyordu!!"

Turistler grup halinde durmuş bizi izliyorlardı. Bisikleti kaldırdım ve bir yana doğru yamulmuş gidonu düzelttim. Alnımdan ter damlıyordu.

"Beni neredeyse öldürüyordu," diye mırıldandım. Günün geri kalanında ürkek bir şekilde bisiklete bindim. Ne rahatlamayı başarabildim ne de günün keyfini çıkarmayı. O gece bisikleti kaldırdım ve uzun bir süre binmemeye karar verdim.

Günlerce bisiklete binmek aklıma bile gelmedi ve Toin benden hafta sonu bir turist grubunu tura götürmemi istediğinde, başka planlarım olduğunu söyledim.

"Geçenlerde turda *domestique* olduğunu duydum," dedi.

"Domestique?"

"Profesyonel bisiklet yarışlarında yarışçılara su ve yiyecek servisi yapan kişiye denir. Fransızca bir terim."

Ne anlama geldiğini biliyordum.

"Araba az kalsın yandan çarpıyordu," dedim.

"Korku, tehlikeye verdiğimiz duygusal bir tepkidir. Elbette çoğu zaman doğaldır. Ama senin korkun? Bu doğal mı?"

"Benim korkum falan yok," diye itiraz ettim. Enseme kadar kızardığımı ve yüzümün alev aldığımı hissedebiliyordum.

Bu tepkimi görmezden gelerek, "Neden korkuyorsun?" diye sordu.

"Hiçbir şeyden korkmuyorum, *lanet olsun*, az kalsın arabanın altına kalıyordum!" Tekerlekli sandalyeyi işaret ettim. "Bunu en iyi senin anlaman gerek!"

O hafta sonu Anja ve Toin, Toin'in kırk beşinci doğum günü için bir parti düzenledi ve küçük daire bir sürü insanla dolup taştı. Anja konuklara içki ve Stroopwafels adı verilen içleri karamelli kurabiyelerden servis etti. Bir de marketten küçük bir pasta almıştı. Toin'i hiç bu kadar mutlu görmemiştim. Etrafı arkadaşlarıyla sarılmıştı.

"Seni tanıştırmak istediğim biri var," dedi Anja koluma dokunup. Toin kadehime onlara özgü bir votka tonik doldurmuştu, içinde Jenever vardı, Hollanda cini. Anja'nın yanında, üzerinde kot pantolon, hafif yünlü bir ceket ve ayağında lastik ayakkabılar olan koyu tenli bir adam duruyordu.

"Bu Mohammed," dedi. "Dubaili."

"Merhaba," dedim elimdeki bir avuç yerfıstığını ağzıma tıkıp. "Ben Jonathan."

Adam gülümsedi. Mutfakla oturma odasının arasındaki koridorda duruyorduk.

"Senin ülkende yaşayan akrabalarım var," dedi. "Tanıştığımıza sevindim. Hangi eyalettesin?"

"Şu anda, hiçbirinde," deyip güldüm. "Ama aslen California'dayım."

"Akrabalarım Texas'ta, ama ben Dubai'de, Palmiye'deyim. Orayı duydun mu?"

"Şu yapay adalar değil mi orası?"

Adam başıyla onayladı ve ceketinin cebinden bir fotoğraf çıkardı.

"Adalar bir palmiye ağacı şeklinde."

"Dünyadaki inşaat vinçlerinin büyük bir bölümünün Dubai'de olduğunu duydum. Doğru mu?"

"Orada büyük gelişmeler oluyor," diye yanıtladı.

Uzun bir süre, birbirimizin topraklarına hayran bir şekilde kendi ülkelerimizden bahsettik. Bir haftalığına tatile gelmişti ve Toin'i, ortak bir arkadaşı aracılığıyla tanıyordu. Seyahatlerimizden söz ettik ve ikimizin de dünyanın aynı bölgelerini keşfederek bolca zaman geçirdiğimizi keşfettik. Mohammed, üniversiteden mezun olduktan sonra bir yıl Romanya'da çalışmıştı.

"İnanılmaz, değil mi?" dedi, "kilometrelerce uzaklıktaki iki kıtadan geliyoruz ve yollarımız burada, Hollanda topraklarında kesişiyor. İsrail ya da Brezilya'ya gidebilir, bir partiye ya da festivale katılabilir ve başkalarıyla tanışabiliriz."

"Sonuçta hepimiz insanız," dedim.

"O zaman neden bizi ayıran düşüncelerimiz, dinlerimiz ya da politikalarımız var? Neden amaçlar uğruna başkalarını öldürüyoruz? Şerefim üzerine yemin ederim, benim inandığım şeylere inanmıyor olabilirsin, ama başın dertteyse ben yine yanında olur, en karanlık anında sana yardım ederim." Gözleri parlıyordu.

Yeni arkadaşımı düşündüm ve aniden bu sohbetin, geçmişte Orange County'deki partilerde katıldığım sohbetlerden bambaşka bir seviyede olduğunu fark ettim. Orada işi, yeni arabası ya da eşiyle birlikte gittiği tatilden başka bir şeyleri önemseyen biriyle tanıştığımı hatırlamıyordum.

Şeref konusuna kesinlikle değinmediğimizden emindim.

Mohammed kartvizitini uzattı.

"Eğer ziyaretime gelmek istersen araman yeterli," dedi. "Bir otelim var, misafirim olursun."

O akşamın sonunda, kalabalık yavaş yavaş dağılırken Anja'nın yanağına bir öpücük kondurdum ve yatmaya gittiğimi söyledim.

"Az kalsın unutuyordum," dedi ve parmağını havaya kaldırdı. "Bekle."

Mutfağa gitti ve üzerinde bir sürü uluslararası posta pulu bulunan kahverengi bir zarfla geri döndü.

"Sana gelmiş," deyip uzattı. Üzerinde adımın yazılı olduğu zarfı heyecanla yırttım. Pete'in İtalya'da neler keşfettiğini öğrenmek için can atıyordum.

İçindeki mektup, düz bir kağıda elle yazılmıştı.

Sevgili Bay Taylor,

Bu mektubu size göndermem istendi. Bay Peter Spinelli, Roma'da bir kalp krizi geçirdi ve buradaki hastanede kaldı. Ben hemşirelerinden biriydim ve son günlerinde, iyileşir gibi oldu.

Pete sizden bahsetti ve ölümünün sabahında, bu mesajı size göndermemi rica etti. Size, gökkuşağının diğer ucunu bulduğunuzu umduğunu iletmemi istedi.

Mary Francati

Aurelia Hastanesi, Roma

Koridorda öylece durdum ve Anja omzumun üzerinden sarkmış mektubu okurken elimde kağıtla kalakaldım. Boğazım düğümlendi ve ağlamamak için kendimi zor tuttum.

"Ah," dedi Anja elini ağzına götürüp. "Ah olamaz."

Kağıda baktım ve Pete'in son sözlerini ıslatan gözyaşlarıma hakim olamadım.

"Arkadaşın mı?" diye sordu.

Başımı salladım ve koridordan odama gidip kapımı kapattım.

Evet, diye düşündüm. *Arkadaşımdı.*

Ertesi gün cafede, bir kadeh Jack Daniel's istedim ve tıpkı kulübenin önündeki verandada yaptığımız gibi, Pete'in şerefine yavaş yavaş içtim. Bütün gün bir şey yememiştim ve çalışmak için dükkana da gidemiyordum, çünkü müşterilerle sohbet etmek içimden gelmiyordu.

Kütüphaneye gittim ve Dubai hakkında biraz araştırma yapmak için interneti kullandım. Çoktan bir sonraki kaçışımı planlamaya başlamıştım ve bu fırsat için minnettardım. Oradaki büyük inşaat projelerini ve kapalı kayak merkezini inceledim. Dünyanın ilk yedi yıldızlı oteli de dahil, dünyanın herhangi bir yerindeki yapıları gölgede bırakan, mega otelleriyle Vegas'ın sihirli dünyasıyla kıyaslanan bir ülkeydi. Geniş ve engin bir arazinin üzerinde dev gökdelenler gökyüzüne uzanıyordu.

O akşam barda, Toin mektubu gündeme getirmedi, ben de konusunu açmadım.

"Sanırım Dubai'ye gitmek istiyorum," dedim ona.

Bana delirmişim gibi bakmakla yetindi.

Gökyüzünde asılı duran parlak dolunayı görmek için caddeye çıktık.

"Başka bir bara gitmek ister misin?" diye sordu. Tekerlekli sandalyedeki bu kırılgan vücuda baktım. Zayıf, ama güçlüydü. Ayağa kalkma yetisi olmamasına rağmen, otoriter bir etkisi vardı. Beni neşelendirmeye çalıştığını biliyordum.

"Saat sabahın biri," dedim.

Toin bir sonraki maceramızı planlamaya çalışır gibi başını salladı.

"Sanırım kardeşimi aramalıyım," dedim sonunda. "Telefonunu kullanabilir miyim?"

Toin cep telefonunu uzattı ve sandalyesini kaldırıma doğru yanaştırıp bir sigara yaktı. Ben de kardeşimin numarasını tuşlayıp bekledim.

"Hallo?" dedim mümkün olan en iyi Hollandaca aksanımla.

"John? Sen misin?"

Sesim çıkmadı. Gözlerimin dolduğunu hissettim.

"John?"

"Hey, dostum," dedim. "Benim."

"Neredesin?" diye sordu.

"Dünyanın diğer ucunda. Sen neredesin?"

Güldü. "Ben de bir iş gezisindeyim aslında. Şu anda Times Meydanı'ndaki Nike mağazasının önünde duruyorum. Bir toplantıya yetişeceğim. Senle konuştuğuma inanamıyorum."

Onu, üzerinde pahalı bir takım elbiseyle, insan trafiğinin arasında evsiz insanların uyuduğu bir kapının önünde, beni duymak için çabalarken hayal ettim.

Arka fonu gürültüler ve sesler dolduruyordu.

"Başardı," dedi.

"Ne?"

"Lacy başardı, John. Bilmek istersin diye düşündüm. Komadan çıktı. Şimdi Orange County'de bir kitapçıda çalışıyor. The Independent'da."

Hiçbir şey söylemedim. Hastaneyi terk edeli iki ay, kazadan bu yana dört ay olmuştu. Onu en son gördüğüm günün üzerinden aylar geçmiş olmasına rağmen bana yıllar gibi geliyordu.

"Terapideydi. Kazayla ilgili hiçbir şey hatırlamıyor."

Tüm dünyamın bir ip makarası gibi çözülmeye başladığını hissettim.

"Ona senin ve Boo'nun gittiğini söyledikten sonra iki hafta hiç konuşmadı. Ama şimdi toparlıyor. Laguna yakınlarında bir daire tuttu." Duraksadı. "Eve dönmek istemedi. Ben de eşyalarını toplamasına yardım ettim."

"Yeter," dedim.

"Ama John..."

"Yeter!" diye bağırdım. Toin başını çevirmiş bana bakıyordu. Sandalyesinin kenarındaki çantaya uzanıp bir sigara daha aldı ve yaktı. Sigaranın ucu karanlıkta kıpkırmızı parlıyordu.

"Ben sadece bilmek isteyeceğini düşündüm..." dedi. "Durumu iyi."

Hiçbir şey söylemedim. Yüreğimin düğümlenip nefesimi kestiğini hissettim. Hattın diğer ucunda araba kornaları sessizliği delip geçiyordu.

"Bu hepimiz için çok üzücü oldu," dedi sessizliği

doldurmaya çalışarak. "Boo'yu kendi kızım gibi..." Sesi kesildi. "John, lütfen, sadece dinle beni. Artık iyileşmenin zamanı geldi, John. Hepimiz yolumuza devam etmeliyiz."

"Bana devam etmemi mi söylüyorsun?"

"Belki de bunlar tam olarak doğru sözcükler olmadı," dedi. "Ama yaşama dair beklentilerini değiştirsen olmaz mı?"

Telefonu kapattık ve kötü bir haber vermemiş olmasına rağmen, söyledikleriyle eski yaşamımın tüm ağırlığıyla üzerime çöktüğünü hissettim.

Durumu iyi.

Telefonu Toin'e geri verdim.

"Ben sabah gidiyorum," dedim.

"Nereye gideceksin?" diye sordu.

Yaşama dair beklentilerini değiştirsen olmaz mı?

"Dubai," diye yanıtladım. "Dubai'ye gidip Mohammed'i ziyaret edeceğim."

12. Bölüm

BAĞIŞLAYICILIK

Ertesi sabah, pencerenin arasından büyük cam bir top gibi parlayan ayı görecek kadar erken uyandım.

Toin'in bana verdiği iki bisiklet tişörtü de dahil kalan eşyalarımı topladım. Vedalaştık ve Anja'ya, gözyaşları içinde bir veda olmadığı sürece beni havaalanına bırakabileceğini söyledim. Onlardan ayrılmak, Solomon'dan ayrılmaktan daha kolaydı, belki de yalnız olmadıklarını bildiğim için. Bense bir gün dükkana giren bir başka kayıp ruhtum sadece.

Söz vermiş olmasına rağmen Anja, Amsterdam'daki Schiphol Havaalanının önünde bana sıkıca sarıldı ve bir süre öylece kaldık.

"Doğru olanı yap," dedi.

Terminale doğru yürüdüm ve Alitalia bilet gişesine yöneldim. Monitörde, Dubai'ye giden uçuşlar yazıyordu ve önümden insanlar geçip giderken, ben saatlere baktım. Bir adım ileri gidip sıraya girdim ve sıra bana geldiğinde, koyu yeşil bir yelek giymiş bilet görevlisine yanaştım.

"Los Angeles'a mı gidiyorsunuz?" diye sordu.

Boş gözlerle ona baktım.

"Pardon?"

"Bilet almak istiyor musunuz?"

Arkasındaki panoda iki uçuş vardı: biri Dubai'ye, biri Los Angeles'a. Panoya baktım, sonra döndüm ve düşüncelerimi toplamaya çalışarak arkamdaki sırayı inceledim. Pek çok ulustan insan vardı, Müslümanlar, birkaç Uzakdoğulu, birkaç Amerikalı ve ağırlıklı Avrupalılar.

Çantadan pasaportumu çıkardım ve kadına uzattım. Kalbim hızla çarpıyordu.

"Dubai," dedim kararlı bir şekilde.

Kadın pasaportu klavyesinin yanına koydu ve bilgisayarda yazmaya başladı.

Midem yandı ve tuhaf bir duygu vücuduma yayılıp koluma toplandı. Huzursuz bir şekilde sırt çantamı diğer omzuma aldım, ama acı geçmedi. Sanki kusacakmışım gibi bir ağırlık hissediyordum.

Derin bir nefes aldım ve gözlerimi kapadım.

"Bayım?"

Başımı eğip alnımı tezgaha dayadım ve yere baktım.

"İyi misiniz, efendim?" diye sordu. Bir anda yanına üç görevli daha geldi. Biri yanıma yaklaştı ve elimden çantamı aldı.

"Los Angeles," diye fısıldadım.

"Ne dediniz, bayım?"

İçimde daha önce hissetmediğim bir telaş hissettim. Eve dönmem gerekiyordu ve o anda o kararı vermeseydim, bir daha arkamda bıraktıklarımla yüzleşecek cesareti bulamayacaktım. Yarım kalmış işleri görmezden gelmek, farklı topraklara doğru ilerlemek daha kolaydı. Geçmişle yüzleşmemek daha kolaydı.

"Los Angeles!" diye tekrarladım. Neredeyse bağırıyordum. "California'ya gitmem gerek!"

"Fikrinizi mi değiştirdiniz?" diye sordu. Kafası karışmıştı. Açıklayamadığım bir sebepten dolayı, daha çok sinirlendim.

"Evet, öyle görünüyor, değil mi? Fikrimi değiştirdim. Önce Dubai dedim, şimdi Los Angeles diyorum, belli ki fikrimi değiştirdim."

Yakasında aynı altın kanatlardan bulunan yeşil ceketli bir başka görevli öne çıktı.

"Bayım, alkollü müsünüz?"

Ona baktım.

"Hayır, değilim," dedim. Ama sesimin tuhaf geldiğinin farkındaydım.

"Kabalaşmanıza gerek yok," dedi. Elindeki telsize Hollandaca bir şeyler söyledi ve benden sıradan çıkmamı istedi.

Birkaç dakika sonra başka bir adam geldi, benden onunla birlikte, bilet gişesinin arkasındaki bir odaya gitmemi istedi. Orada kibar bir şekilde gülümseyip aşırı kilolu bir havaalanı görevlisinin çantamı kontrol etmesini bekleyerek tüm sorulara cevap verdim. Doğru şeyleri söylemediğim takdirde, beni orada günlerce tutabileceklerini biliyordum.

İşleri bittiğinde, beni tekrar gişenin önüne getirdiler. Benimle ilgilenen aynı gişe görevlisi bana ters ters baktı ve uçuş kartımı uzattı.

Koltuk 31B
Amsterdam-LAX

Los Angeles'a indiğimiz anda, elimde kalan son paramı, beni Orange County'ye götürecek taksiye binmek için kullandım. Bir zamanlar Lacy ile birlikte tüm zamanımızı geçirdiğimiz restoranları ve yerleri geçtik. Sekiz kilo vermiş ve aylardır tıraş olmamıştım. Dolayısıyla birilerinin beni tanımasına imkan yoktu.

Taksi şoföründen, evimin bulunduğu sokaktan geçmesini istedim ve evin önüne geldiğimizde, her şey düzenli görünüyordu. Kardeşimi aramayı düşündüm ve Blackberry telefonumun, mutfakta tost makinesinin yanındaki çekmecede olduğunu hatırladım. İçeri girip telefonu almayı düşündüm, ama sonra aylardır faturaları ödemediğimden bunun ne kadar gereksiz bir hamle olacağını fark ettim.

Şoföre, "Devam et," dedim ve yolu tarif edip kitapevinin yanındaki galerinin önünde durmasını istedim.

"Burada bekle," dedim, araçtan indim ve kaldırımda yürüyüp kitapevini geçtim, sonra tekrar geri döndüm. Solomon'u Romanya'da bir caddede yürürken ve Pete'i, uzun zamandır haber almak istediği ailesini bulup gururlanırken hayal ettim. Sonra Marilyn'i ve Conrad'ı düşündüm. Her birinin ruhu içime sızmış, bana yaşam verip ilerlemek için cesaretlendirerek bir bütün olmuştu.

Taksiye döndüm ve beklemeye başladım.

Bir süre sonra kitapevinin kapısı açıldı ve yanında bir adamla bir kadın çıktı. Yapı olarak Lacy'yi andırıyordu, ama kısa saçlıydı. Lacy'nin saçları kalçalarına uzanıyordu ve bir Barbie bebeğinki kadar düz ve sağlıklıydı. Kız başını kaldırıp neredeyse taksinin olduğu yöne doğru baktı, sonra adamın söylediği bir şeye güldü.

Karşıya geçip yolun diğer tarafındaki bir restorana doğru yürüdüler ve ben izlerken gerildiğimi hissettim.

Lacy gibi yürüyordu, ama kolları daha ince ve kaslıydı. *O olabilir miydi?*

Saçlarını inceledim, omuzlarının üzerinde düz kesilmişti ve daha koyu renkteydi. Kırmızı ve kahverengi renklerde, koyu kestane gibi duruyordu. Üzerindeki kıyafetler daha önce giydiklerine benzemiyordu. Üzerinde dar bir kot pantolon ve ön tarafı harflerle dolu kırmızı bir tişört vardı. Harflerin bazıları büyük, bazıları küçük, değişik şekil, boyut ve sırada, karmakarışıktı, tıpkı aklımdan geçen düşünceler gibi. Yüksek topuklu ayakkabılar giymişti. Daha önce onu hiç topuklu ayakkabı giyerken görmemiştim.

Midem kasıldı. Öfkeleneceğimi düşündüm, ama onu özlediğimi fark ettim. Gidip konuşmak istedim, ama ne söyleyeceğime dair en ufak bir fikrim yoktu.

Onlar restorana girip gözden kaybolduklarında, "Hadi, gidelim buradan," dedim şoföre. "312 Emerson."

Anahtarı sakladığım yerde buldum. Bahçede seramik bir kurbağanın altındaydı. Arka kapıdan eve girdim. Kapıyı yavaşça açtım ve herhangi bir yaşam belirtisi olup olmadığını görmek için dinledim, ama yoktu. Sırt çantamı kapının girişine koydum ve kapıyı kilitledim. Koridora doğru yürüyüp karanlık mutfağa geçtim.

Tezgahın üzerinde bir postane adres değişim formu duruyordu. Belli ki biri postayı almış ve son birkaç ay boyunca kutuda birikmesin diye adresi değiştirmişti. Granit tezgahın üzerinde faturaların arasında annem ve babamdan gelen açılmamış bir zarf duruyordu.

Çekmeceye doğru yürüdüm ve Blackberry'yi alıp açtım. Telefon öttü ve yaklaşık beş dakika boyunca, sesli mesajları, takvim uyarılarını ve mesajları alarak titredi. Biri faturayı ödemişti. Düğmeye bastım, kardeşimden gelen bir mesaj açıldı.

Bunu gördüğünde beni ara.

Geriye dönüp baktığımda, yaşamınızı melekler gibi görebilen, sanki size bir mesaj vermek üzere gönderilmiş hissi veren insanlarla karşılaşma olasılığım, her zamankinden daha olası görünüyordu. Yolculuğum sırasında karşılaştığım insanları düşündüm ve her birinin neler yaptığını merak ettim.

Marilyn hala hayatta mıydı? Toin, Anja ve Solomon'u düşündüm. Lacy'yi, Boo'yu, Pete'i ve yolculuğumda onlardan önce tanıştığım, ışıklarını ve sevgilerini benimle paylaşıp arkalarında kendilerinden küçük bir parça bırakan tüm insanları. Kendimi hiç olmadığım kadar bütün, içimdeki boşluk bir huzur duygusuyla dolmuş gibi hissediyordum. Her şey güzel olacak gibi. Bunu ilk kez hissediyordum, acelem yoktu, hiçbir başarıya doğru koşmuyordum. Pusulamı dinleyecek, tüm hayatım boyunca yaptığım gibi sonuçlara ulaşmak için acele etmeden beni yönlendirmesine izin verecektim.

Geçen dört ay içinde tamamen değişmiştim.

Yarın kim olacağım?

Bu sorunun yanıtı, o anda olduğum birey kadar önemli gelmiyordu.

Kardeşimi aramak istedim. Salonda bir koltuğa oturdum, uzaktan kumandayı buldum, bir tuşa bastım, ama kablolu çalışmıyor gibiydi. Kumandayı sehpanın üzerine bıraktım, telefonumu aldım ve kardeşimin numarasını çevirdim.

Saniyeler içinde telefonu açtı. Sesi neşeli geliyordu.

"Jonathan!? Döndün mü?"

"Döndüm, kardeşim. Döndüm."

"Sesin iyi geliyor," dedi. "Evde misin?"

Ona Dubai'ye gitme planlarımı ve nasıl havaalanında öylece kalakalıp içimde bir şeylerin değiştiğini ve kaçışımın sona erdiğini anladığımı anlattım. Eve gelmeden önce kitapevinin oraya gidip camdan içeri baktığımı, ardından uzaktan izlediğimi söyledim. Kimseye söylemeyeceğine dair yemin ettirdim.

"Alışmak için biraz zamana ihtiyacım var," dedim. "Annemle babamı arama sakın."

"Ya da herhangi birini," diye ekledim.

"Lacy'yle görüşecek misin?"

"Bugün gördüm onu," dedim.

"Nerede?"

"Kitapevinin hemen önünde. Ama konuşmadım. Taksinin içinden onu izledim, sonra dönüp eve geldim."

"Er ya da geç yüzleşmek zorunda kalacaksın," dedi.

"Sen aynı durumda olsan ne yaparsın? Böyle bir şey

için karını affedebilir miydin? Çocuğunu öldürdüğü için?"

Kardeşim derin bir nefes aldı. Uzun bir süre sessizlik oldu.

"Söylemek zor," dedi yavaşça. "Ama burada affetmesi gereken sadece sen değilsin, Jon. Hepimiz bu süreçte mesajlar gönderdik ya da aramaları cevapladık. Bu bir şeyleri haklı çıkarmaz. Ama gerçek şu ki sen karını terk ettin, hastalıkta ve sağlıkta yanında olmaya yemin ettiğin karını, hastanede geçen iki ayın sonunda komadayken terk ettin."

"O seni bunun için affedebilir mi?"

"Affetmeli mi?"

O anda ağlamaya başladım.

"Bilmiyorum. Her şey mahvoldu. Yaşamımız harap oldu."

"Harap olmadı. Sadece tamir edilmesi gerekiyor. Ben senin yanındayım. Her şeyi yoluna koyabilirsin. Şu anda Lacy'nin sana ihtiyacı var."

Telefonu kapadık. Uzun süre koltukta oturup evi seyrettim, üçümüzün anılarıyla dolu evimizi.

Alışkanlıktan telefonu elime aldım ve mesajların çoğunu sildim. Gözlerim ekrana bakmaktan acıyana kadar orada öylece oturdum, sonra kalkıp yukarı çıktım. Boo'nun odasını tamamen görmezden gelip önünden geçerken kapısını kapadım ve yeni kararımı tehdit eden her türlü duyguyu geri çevirdim.

Yatak odamızın banyosunda duş aldım. Lacy'nin banyo eşyaları gitmişti. Geriye sadece eski bir şampuan şişesi ve vişneli banyo köpüğü şişesi kalmıştı. Boo bizim banyomuzda yıkandığı günlerde, büyük, yuvarlak küvetin içine damlatmamız için ısrar ederdi.

Tüm şişeyi küvete boşaltıp yarım saat suyu açık bıraktım. Orada Lacy ile hayali bir konuşma yaptım, sanki gerçekmiş, sanki oradaymış gibi.

"Ne kadar zeki olsak da, önümüzdeki yaşam karşısında sınırlıydık," dedi.

"Güzel bir hayatımız vardı," dedim.

"En güzeliydi," dedi. "Ama şimdi farklı bir hayatımız var. Göremediğimiz şeyleri kabul etmeyi istemek zorundayız. Bundan, gözlerimizin önündeki yaşamdan daha fazlası olduğuna inanmak zorundayız. İnanmazsak, o zaman ne olacak?"

Bu hayalin içinde karımın gözlerine baktım ve umut gördüm. İlk kez, *umut.*

Suyu kapattım ve dolaptan bir havlu aldım. Kurulandım, eski dolabımdan bir çift pantolon ve bir süveter bulup giyindim. Dışarıda hafifçe yağmur çiseledi. Pencereden dışarı baktım ve anılarımın geri geldiğini hissettim.

İlaç firmalarına verdiğimiz eğitimler için yaptığımız beyin araştırmaları sırasında, çözülme rahatsızlığının etkilerini öğrenmiştim. Bu, travma yaşayan bir kişinin ondan tamamen kopması ve ona dair sınırlı hafızaya sahip olması süreciydi. Bazen beyin anıları eleyebiliyordu, böylece o travma bir daha hiç hatırlanmıyordu.

O anda, bunun bana da olmasını diledim.

Ertesi gün Lexus'u garajda, bıraktığım yerde buldum. Şehrin içinde bir turist gibi amaçsızca dolaşarak, bir sokaktan diğerine kilometrelerce yol yaptım. Lacy ile birlikte Boo için seçtiğimiz okulun önünden geçtim ve bir grup anaokulu öğrencisinin, emniyet ekibiyle birlikte karşıdan karşıya geçişini izledim. Bu yaşananlar hiç yaşanmasaydı, her şey ne kadar farklı olurdu diye düşündüm ve canım acıdı. Sarı yağmur botları giymiş küçük bir kız gördüm ve başımı çevirip önümdeki yola odaklandım.

Şehirde kilometrelerce gittikten sonra, kitapevinin önüne gelip park ettim. Bir süre oturdum ve bir işaret görmeyi bekleyip müşterilerin dükkana girip çıkmalarını seyrettim.

Yolculuğumun başlarındaki robotumsu duygular yerine, şimdi anılarım daha netti. Saat beş olduğunda, son müşteri olduğunu düşündüğüm kişinin gidişini izledim ve midemde bir karıncalanma hissettim.

Arabanın kapısını açtım, indim ve kapıya doğru yürüdüm. Tokmağa uzandım ve içeride zilin çaldığını duydum. Lacy tezgahın arkasında, yüzü bana dönüktü. Kısa saçları, çene kemiğinin hizasındaki yüz hatları boyunca keskin bir şekilde kıvrılmıştı.

İleri doğru bir adım attım, sanki her şey ağır çekim ilerliyordu. Kafamın içinde Solomon'u, Marilyn'i ve Pete'i duydum.

Canlı ol, Jonathan. Eski acılar bir çapa gibidir. Bırak, gitsin.

Senin kaderin bir bahçe gibidir. Sulamak, ayrık otlarını temizlemek ve bunları tekrarlamak zorundasın.

Lacy'nin ağzı açıldı, ama sözcükler gelmedi. Elinde tuttuğu kitabı tezgahın üzerine bıraktı. İnce parmakları her zamanki gibi zarifti, bir piyanistin parmakları gibi.

"Döndüm," dedim cılız bir ses tonuyla.

"Döneceğini biliyordum," dedi.

İleri doğru yürüdü, yanımdan geçti ve dışarı çıkmamız için işaret etti. Kaldırımda durduk ve binaya yaslandık.

"Seni izliyordum," dedim. "Cesaret topluyordum. Saçların..."

"Değiştirdim," dedi. Gözleri dolmuştu.

"Üzgünüm," dedim.

Gözlerindeki yaşlar yanaklarından süzülerek merakla bana baktı.

"Ne için?"

"Gittiğim için." Şimdi ikimiz de ağlıyorduk.

"Bu gerekli mi?" diye sordu. Sesinden öfkelendiği anlaşılıyordu. "Buraya böylece gelip benimle konuşabileceğini mi sanıyorsun? Sanki beni hastanede ölüme terk edip gitmemişsin gibi? Bunu telafi etmeye bile değer mi?" Sorular peş peşe geldi.

"Ben sadece..."

"Üzgünüm," dedi. "Çok üzgünüm."

"Ne diyeceğimi bilmiyorum..." diye devam etti. "Evlendiğin, sonra da çocuğunu öldürdüğün adama ne diyebilirsin ki?"

"Ah Lacy..."

"Bunu yapamam," dedi ve arkasını döndü. "Artık git."

Kaldırımda durdum ve evlendiğim kadının arkasını

dönüp tekrar dükkana girişini izledim. Kapıyı kilitledi ve cama “kapalı” tabelasını astı.

13. Bölüm

ZAMAN ŞİMDİ

Bir kendimize söylediğimiz yalanlar vardır, bir de başkalarına söylediklerimiz.

Üniversitedeyken oda arkadaşımla iki yıl aynı dört duvarı paylaştık ve Florida'nın Gainesville kasabasında, küçük bir öğrenci yurdunda kaldık. Bu süre boyunca oda arkadaşımın ailesi ziyarete geldi. Annesi, çörekler yapan ve içinde kurabiyeler, cipsler ve bir üniversite öğrencisinin ihtiyaç duyabileceği diğer her şey bulunan paketler gönderen ve her seferinde ulaşıp ulaşmadığından emin olmak için arayan annelerdendi.

Bir gece annesi aradı ve telesekretere bir mesaj bıraktı. Ben de ona annesini aramasını söyledim. Ertesi gün annesi bir mesaj daha bıraktı ve sesi telaşlı geliyordu. Arkadaşım bir gün sonra yurda döndüğünde, yüzünde boş bir ifade vardı. Kardeşi aramış ve annelerinin o sabah vefat ettiğini söylemişti.

Ona, telesekreterdeki son mesajı söylemeyi düşündüm, ama söylemedim ve mesajı sildim. Neyi değiştirecekti ki? Bu ona sadece gerçeği hatırlatacaktı. Öncelikle annesini hiç aramadığını ve annesi aradığında, onu geri aramadığını, çünkü hepimizin sevdiklerimize yaptığımız gibi, annesinin her zaman yanında olduğunu özümsediğini ve duyarsızlaştığını hatırlatacaktı. O gece annesi büyük bir kalp krizi geçirip salonda yerde yatarken, arkadaşım bir kızın evinde sabahlamıştı.

Gerçek onu daha da üzecekti.

Bazen benimki gibi kararlar verir, belki de yapmamamız gereken yerde Tanrıcılık oynarız. Kendi zihnimizde gerçeklikler yaratır, kendi içsel inanç ve bakış açılarımıza göre hükümler veririz. Biri bizi geri aramadığında kendimizi istenmemiş hissederiz, niyet bu olmasa da. Biri bizi hiçe saydığında öfkeleniriz, bir an bile durup o kişinin bir sorunla, bir düşünceyle ya da kendiyle hesaplaşma içinde olabileceğini düşünmeyiz.

Dünya böyledir. Her insan kısıtlayıcı inanç ve duyguların bireysel bir karışımıdır, domino taşları gibi yıkılıp diğer insanları da devirir. Her biri, bir diğerini etkiler, o da bir başkasını. Her düşünce, belki kilometrelerce uzakta oluşabilecek bir tepkiyle sonuçlanacak bir eylemi doğurur. Bir sözcük, virüs gibi yayılan fikirler –ya da idealler- yaratarak grupları, ekipleri, kültürleri ve tüm ülkeleri etkiler.

Keşke geri alabilsem dediğim sırlar ve yalanlar vardı, ama hiçbir şeyi geri almayı, o gün, aylarca önce duyduğum sözler kadar istemedim.

Üzgünüm, Bay Taylor, kızınız öldü.

Ertesi gün eski evimizde oturup şok içinde aramızda geçen konuşmayı düşündüm. Bunun telafisi olabilir miydi? Aramızdaki sevgi hala bir yerlerde güçlü müydü, yoksa ben kendimi mi kandırıyordum?

Salondaki şöminenin içinde, tıpkı Pete'in yaptığı gibi küçük bir çadır kurdum, odunları ilk odunun etrafına dizdim.

Ateş yandığında, bir kağıt parçasına, unutmaya en çok ihtiyaç duyduğum anımı yazdım, sonra da kağıdı ateşe attım.

Üzgünüm, Bay Taylor, kızınız öldü.

Kendimi ve duygularımı saklamak yerine, onlarla yüzleşmeye karar verdim. Egzersizin amacı, bir trajediye yeni bir anlam yüklemek, zihninizde onu tekrar tanımlamaktı. Yeni bir anlam yüklediğim takdirde –eskisine tutunmak yerine- ilerleyebileceğimi umdum. Eski anlam, kanıma karışan bir zehir gibi yıllarca DNA'mda kalabilir ve ben sonunda zehirlendiğimi görebilirdim.

Yeni anlam olayı değiştirmeyecekti, ama olaya bakış açımı değiştirecekti. Bu anlamı bulmam, olayı yeniden tanımlamam ve ilerlemem gerekiyordu. Bu, benim bir şeyleri bırakmama yardımcı olması için tasarlanmış sembolik bir egzersizdi.

O günkü olaya yükleyeceğim yeni anlama karar vermiştim; Boo bu dünyaya kısa bir süreliğine, bana bir armağan olarak gelmişti ve onu kaybettiğim için bu kadar ıstırap çekmek, onun yaşamının bana kattığı neşeyi de yok edecekti.

Bize kattığı neşeyi.

Hiçbir şeyin garantisi yok, biliyorsun, demişti Marilyn. *Ama biz bu dünyaya sanki kontrol bizdeymiş gibi hissederek geliyoruz. Sanki bize bir yaşam rehberi ve yanında yüz yıllık hayat garantisi verilmiş gibi hareket ediyoruz.*

Bir sabah mutfak masasına oturdum ve Lacy'ye, onu affettiğimi söyleyen bir mektup yazdım. Mektubu bir zarfın içine koydum ve kitapevinde kasada görevli genç bir adama bıraktım.

Eski patronumu aradım ve kaçtığım zaman boyunca neler olduğunu öğrenmek için yokladım. Eski arkadaşlarımdan, meslektaşlarımdan ve müşterilerimden söz ederken, hiçbir şey hissetmediğimi fark edip şaşırdım. Ne dönmek için isteğim ne de işe geri alınmak için bir arzum vardı.

Bir akşamüzeri kapanış saatinde kitapevine gittim ve bir kez daha denemeye kararlı bir şekilde Lacy'yi bekledim. Çıktığında beni gördüğüne şaşırmamış gibiydi. Yürümeye başladık.

Parlak California güneşinin altında oturduk, konuştuk. Bu kez bir şeyler farklıydı. Sanki ikimiz de, derin bir nefes almak için gereken zamanı değerlendirmiş gibiydik.

Biraz daha yürüdük, eski hayatımızdan, ilişkimizden, sevgimizden söz ettik. Bunları nasıl geri alabilirdik?

Hayatım, bir film şeridi gibi gözlerimin önünden geçti. Düğünümüz, eski işim, Boo, sahip olmak için çok çalıştığım kariyerim; kaybedilen her şeyin nasıl yeniden oluşturulması gerektiği. Uzun süre konuştuk ve ben, atletlerin olup bitenin farkında olmadıklarında düştükleri hissizlik bölgesindeydim. Sonuçta bölge, her şeyin sadece aktığı bir alandır.

Sanki gözleriniz bağlıymış, ama yine de bir hayale doğru hızla ilerliyormuşsunuz gibidir. Ona, dükkandan çıkarken onu izlediğimi söyledim ve nasıl bu kadar mutlu olabildiğini, nasıl sanki hiçbir şey olmamış gibi gülümseyip yaşamını idame ettirebildiğini sordum.

"Ve sen bir nörologsun, Lacy. Bir kitapçıda nasıl çalışabiliyorsun?" O anda hiçbir kırgınlık hissetmedim, sadece daha önce erişemediğim bir tarafsızlık vardı. Solomon'u ve gerçekten olduğumuz insanlar yerine, işlerimizle tanımlandığımıza dair sözlerini hatırladım.

"Üzgünüm," dedim kendimi yakalayıp. "Yaptığın şey seni tanımlamaz."

Uzaklara baktı.

"Ben tüm bunları bıraktım," dedi sessizce. "Zaten kimin umurunda ki? Küçük kızımızı çok seviyor ve hatırlıyorum, ama yola devam etmek için o trajediyi ve eski hayatımızın tuzaklarını bir kenara bıraktım. Kendimi bağışlamak zorundaydım." Başparmaklarını pantolonunun cebine sokarak kendini dengeledi. Şimdi daha uzun görünüyordu, daha önce giydiği düz ayakkabılarla olduğundan bir buçuk santim daha uzun. Topuklu ayakkabılar ve ince ve sıkı bacaklarıyla bir model gibiydi.

"Tıbbı da bırakmak zorundaydım," dedi. "Yaşamımın geri kalanında yapmak istediğim şey bu değil. Her gün oturup Boo'yu düşünürsem ölürüm." Ağlamaya başladı ve yüzünü ellerine gömdü.

Ben hiçbir şey söylemedim. Birkaç dakika sonra kendini toparladı ve bana baktı.

"Geçmişte nasıl yaşadığımızı bir düşün," dedi. "Bu başarı mıydı?"

"Evet," diye yanıtladım. "Harika bir hayatımız vardı. Boo yanımızdaydı. Bizler kariyerimizin zirvesindeydik. Meslektaşların sana saygıyla bakıyordu ve işini en iyi şekilde yapıyordun."

"Her zaman çalışıyorduk. Evde nadiren karşılaşarak."

"Öyle olmak zorundaydı, Lacy. Bir hayat kuruyorduk. Çalışmak zorundaydık."

"Öyle mi gerçekten?" Bir anda öfkelendi.

Hiçbir şey diyemedim, çünkü yanıtı bilmiyordum. Maddesel her şeyden arınıp dünyayı dolaştığımda, benim yine ben olduğumu fark etmiştim. Maddesel olanaklar hiçbir şeyi değiştirmemişti.

"Gerçek şu ki," diye devam etti ben karşılık verme fırsatı bulamadan, "son birkaç haftadır geçmişte nasıl yaşadığımızı düşünüyorum. Bunun üzerinde çok düşündüm ve pek çok terapiye katıldım, Jonathan. Her zaman hareket halindeydik, bir an bile durmadan. Bir kez bile derin bir nefes almak ve yaşamlarımızın özgünlüğünü düşünmek için durmadık."

"Özgünlük mü?" Ağzından çıkan sözlere inanamıyordum. Kesinlikle benim tanıdığım, sabahları işe giderken Starbucks'a uğramadan edemeyen, günün her saati için listeler yapan, zekaya ve başarıya her şeyden çok önem veren Lacy değildi.

"Boo'nun ölümünden bu yana bazı tuhaf şeyler oldu," dedi yavaşça.

"Ne gibi şeyler?" diye sordum.

"Şey, uzun süre kendime karşı çok öfkeliydim... neredeyse intihara meyilliydim. Devam etmek için hiçbir amaç göremiyordum. Ama bu garip insanlar bir şekilde hayatıma girdi, hem de benim dinlemediğim ya da onları aramadığım zamanlarda bile."

Yüreğim kasıldı.

Konuşmak için boğazımı temizledim, ama sözcükler gelmedi.

Aynı yolculuğu yapmıştık, tek başımıza. Marilyn'i, Solomon'u, Pete'i ve Toin'i düşündüm, nasıl sanki bir sebep uğruna, geleceğe dair bir mesaj vermek üzere yaşamıma gönderildiklerini. Her biri, o anda, en karanlık saatlerimde tam da ihtiyacım olan insanlardı. Ben hayatımın en dik yamaçlarından birinden inerken, her biri bana hayat kurtarıcı halatlar atan, beni bir şekilde havada tutan bir rehber gibiydi.

"Çok üzüldüğüm ve çaresizliğe kapıldığım anlar oldu..." dedi, "sanki yolumu kaybetmiş ve amaç ya da yön hissimi hiçbir zaman bulamayacakmışım gibi. Ama şimdi eskisinden çok daha bilinçliyim. Sanki bir bağışlayıcılık hissi ile sarılmışım gibi."

"Jon, ben kendimi bağışladım." Gözlerimin içine baktı. "Ama sen beni bağışlayabilecek misin, merak ediyorum."

Onu yanıma çektim ve olabildiğince sıkı sarıldım. Bir çocuğun battaniyesine gömülüp ağlayışı gibi, ona sarılıp hıçkıra hıçkıra ağlamaya başladım. Hıçkırıklarım dinmeye başladığında, Lacy konuşmaya devam etti.

"Bir yaşam kurmuştuk. Güzel bir ev aldık, bir çocuğumuz oldu ve gece gündüz çalıştık. Ama yaşamda, bizim yaptıklarımızdan daha fazlası var. Gerçekten özgün olabilseydik, dinlemek, birlikte zaman geçirmek ve gerçekten ne istediğimizi düşünmek için dururduk belki."

Benden uzaklaştı ve bir adım geri gitti.

"Ben hayatımızı çok sevdim," dedi.

O hayatı geri istiyorum, diye düşündüm gözleri caddeye yöneldiğinde. Onu saran ışığa ve gözlerindeki sıcaklığa baktım, daha önce hissettiğim tüm nefret ve kızgınlık kaybolup gitti.

"Ama sen hayatımızı sevdin mi?" diye sordu. "Gerçekten sevdin mi? Yoksa şimdi romantikleştiriyor musun?" Gözleri parladı. "Hep iş seyahatindeydin, otel odasını aradığımda bile ulaşamıyordum sana. Sonraki tartışmalarımızı hatırlıyorum, günlerce birbirimizle konuşmadığımızı."

"Lacy..."

Elini havaya kaldırdı.

"Bak, eski defterleri açmaya çalışmıyorum. Sadece, kusursuz bir birlikteliğimiz olmadığını göstermeye çalışıyorum. Ben çok içiyordum, neredeyse her gece. Sen sürekli seyahatteydin. Hiçbir şey kusursuz değildi. Bir tek Boo kusursuzdu."

Titredim, belki soğuktan belki de anıların yoğunluğundan. Isınmak için kollarımı önümde birleştirdim.

"Onu özlüyorum," dedim. Yıllardır, belki de hayatımızda ilk defa, bu kadar içten bir konuşma geçiyordu aramızda.

"Ben de özlüyorum," dedi Lacy. "O olmadan neyimiz var ki?"

Başımı salladım.

"Bilmiyorum. Hala birbirimize sahibiz. Değil mi?"

"Tamamen dürüst ve özgün olana dek birlikte ilerleyebileceğimizi sanmıyorum. Kendimizi bulmamız gerektiğini düşünüyorum."

"Ben buldum," dedim hemen. "Ben ruhumu keşfettim." Ve ilginç olan, buna gerçekten inanıyordum. Bunlar sadece köprü kurmak üzere tasarlanmış sözcükler değildi.

"Uzaktayken gerçekten anlamlı bir şeyler yaptın mı?" diye sordu. Ama sesinden, aslında yanıtı duymak istemediği anlaşılıyordu.

Yanımızdan bir adam geçti ve kitapevine girdi. Lacy ile selamlaştılar.

Ona uzanıp saçına dokundum.

"Kestirmişsin," dedim.

"Yeni bir başlangıç istedim. Her şeyi değiştirdim."

Elimi çektim.

"Her şeyi mi?" Aklımda yanında gördüğüm adam geldi. Yoksa o...?

"Görüştüğüm biri yok," dedi.

"Ama yüzüğünü takmıyorsun."

Lacy boş duran yüzük parmağına baktı ve derin bir nefes aldı. O yüzükleri almak için Laguna'ya birlikte gitmiş ve kasabadaki en iyi kuyumcudan seçmiştik.

"Göremediğimiz şeylerin, görebildiğimiz şeylerden çok daha güçlü olduğunu öğrendim," dedi. "Ama yine de hepimiz, karşımızda olan şeylere göre hareket ediyoruz. Tek söyleyebileceğim şu, Jonathan, ben görünmeyene, sevgiye, anılara, ilişkilere odaklanmaya başladım."

Lacy uzandı ve elimi tuttu. Bir elektrik dalgasının, ilk dokunuşumdaki gibi güçlü bir şekilde koluma yayıldığını hissettim. Onu kendime çektim ve sarıldık.

"Boo her zaman bizimle olacak," dedi. "Kalplerimizde. Ama eğer ben ıstıraptan yaşamama yetecek kadar vazgeçebildiysem, sen de yapabilirsin. Hala bir hayat kurabiliriz. Her ne kadar bir yanım o gün yaptığım şeyin suçluluğunu ve umutsuzluğunu asla bırakmayacak olsa da, yaptıklarımız için birbirimizi affetmemiz gerekiyor."

"Yaşamak zorundayız."

Canlı ol, Jonathan.

Eski evimizdeki eşyaların bir sayımını yaptım ve ne kadar hissiz kaldığımı görünce şaşırdım. Garajda asılı bisikletler, eskilerin yerine yeni anılarımı hatırlamamı sağladı. Trek'i görmek bana, eski yaşamım yerine Nu Nu'yu düşündürdü. Arkadaki küçük bahçe sadece, Pete'in kulübesini saran o olağanüstü manzarayı ve saatlerce kuşları, sincapları ve geyikleri izleyerek dolaştığım o anları hatırlattı.

Lacy ve ben günlerce onun dairesinde ve bir zamanlar paylaştığımız evimizde konuştuk, ta ki yaşamlarımızın tekrar canlandığını görmeye başlayana dek. İlginç bir şekilde, ben de bırakmıştım. Yaşamlarımızdaki her şeyin, aslında göründüğü gibi olmadığını ve aklımıza koyduğumuz planın, yaşayacağımız hayat olması gerekmediğini anlamıştım. Yaşamamız gerektiğini düşündüğümüz hayata ya da başkalarının hayatlarına bakıp planlar yapıyoruz.

Ama ya tüm bu planlardan kurtulup yenilerini yapmanız gerekirse?

Sonuçta olay dönüp dolaşıp bağışlayıcılığa geliyordu. Ben, hayatta asla yapabileceğimi düşünmeyeceğim bir şey yapmıştım ve bu bana, hayatta yapabileceklerini asla hayal edemedikleri, akıllarının bile almadığını söyledikleri şeyler yapan insanları hatırlattı.

Bir gece birbirimizin kollarında uyandık ve karanlıkta ona doğru döndüm.

"Seni bağışlıyorum," diye fısıldadım ve onu kendime çektim. Uzun bir süre, Lacy omzumda usulca ağlayarak öylece kaldık.

"Ben de kendimi bağışlıyorum," dedi yavaşça.

"Seni seviyorum," dedim.

Dönüşümün üzerinden bir ay geçmişti ki evi satışa çıkardık. Ama ev piyasası hareketsizdi ve biz sonraki birkaç ayı, bitkileri düzenleyip bahçeyi yeni sahibine hazırlayarak geçirdik. Lacy gülleri budadı ve bana kırmızı bir çiçek aldı. Biz de onu mutfaktaki tezgahın üzerinde bir bardağın içine koyduk.

Geceleri ateşin önünde saatler geçirdik ve arka verandada yemekler yedik. Bir gece eski uğrak yerlerimizden biri olan bir İtalyan restoranına gittik ve birkaç dakika içinde, Lacy'nin doktorluğu sayesinde tanıdığımız bir çift masaya yaklaştı. Bizi ölçüp biçmeleri biraz zaman aldı ve biz masaya oturur oturmaz, Lacy'nin kestane saçlarını ve benim sakallı yüzümü düşünüp bizi tanımayı nasıl başardıklarını merak ettim.

Kadın dikkatle beni inceledi.

Sanki kırılgan bir çin porselenine yaklaşırcasına, "Nasılsınız?" diye sordu.

"Harikayız," diye yanıtladım.

Lacy güldü. Onları masaya davet etti, ancak onlar bir müzedeki iki Yunanlı heykel gibi kalakaldılar.

"Kalamayacağız," dedi kocası salonu işaret edip. "Yemekli bir parti veriyoruz." Adam, Orange County'de başarılı bir beyin cerrahıydı. Üzerinde, benim gardırobumdaki her şeyden daha pahalı koyu renk bir takım elbise vardı.

"Neler yapıyorsunuz, bakalım?" diye sordu kadın.

Lacy omuz silkti. "Yapmak derken?" Gözleri üzerimdeydi.

"Bilirsin, işte," dedi kadın. "İş yani. Muayenehaneyi kapattığını duydum."

Kadının üzerinde krem rengi bir tayyör, boynunda ise büyük bir kolye vardı. Saçları sıkıca toplanmıştı. Ellerini beline dayamış duruyordu ve kolunun altından küçük, taşlı bir çanta sallanıyordu. Tanınmış ailelere mensuplardı, tüm yeni zenginler taşınmadan üç yıl önce buraya gelmişlerdi. Kocasının babası da, babasının babası da cerrahtı. Tıp dünyasında saygıdeğer insanlardı ve sosyal basamakların en üst sıralarındaydılar. Evleri, okyanusa bakan bir tepenin üzerindeydi ve Lacy ile birlikte onları ziyarete gittiğimizde, bizi garaja götürüp Bentley marka araçlarını göstermişlerdi.

"Ben bir kitapçıda çalışıyorum," dedi Lacy kendinden emin bir şekilde. "The Independent. Bir gün mutlaka uğramalısın."

Kadın tokat yemiş gibi irkildi.

"Bi... bi... kitapçı mı dedin?" Hemen kendini toparladı. Onları en son, tıp endüstrisi için verilen bir kokteyl partisinde gördüğüm günü ve onlara karşı duyduğum hisleri hatırladım.

Şimdi de aynı duygulara sahiptim, bir huzursuzluk hissi ve sürekli önem teşkil eden bir şeylerden konuşma mücadelesi. Tek fark, o zaman bizler de onların sosyal halkalarına dahildik. Davet ettikleri her geceye katılır, otomatik pilotta yaşardık.

Belki de Lacy'nin sözünü ettiği şey buydu, diye düşündüm. Şimdi onları sevmemek *özgün* bir his veriyordu, sırf aynı meslekle uğraşıyoruz diye arkadaş olmamızın gerekmediğini anlamak. *Hem ne saçma bir şeymiş ki bu?*

Kocası karısının dirseğine dokundu ve diğer salondaki büyük bir masayı işaret etti. Masa, harika giyimli kadın ve erkeklerle doluydu.

"Gerçekten gitmemiz gerekiyor," dedi adam. Lacy ve beni selamladı ve bizi gördüklerine sevindiğini söyledi.

Bize, onlara katılmak isteyip istemediğimizi sormadı.

Kısa ve sıradan olmasına rağmen o yemek bir dönüm noktasıydı. Geçmişle bir karşılaşmaydı ve ben pusulamın dönmeye başladığını hissediyordum.

O zaman yerine şimdi'ye dönmüştü ve bununla birlikte inanılmaz bir rahatlama hissi geldi. Sanki önemsediğim her şey değişmişti. Artık, sırf o insanların saygı çerçevelerinde kalalım diye, onlarla iletişim kurmak zorundaymışız gibi hissetmiyordum. Artık güzel arabaları, giysileri, kol düğmelerini ve limuzinleri önemsemiyordum. Şirketteki bir üst kariyer basamağı umurumda değildi.

Pusulam değişmişti ve birkaç gün sonra bunu Lacy ile paylaştım.

"Bir şeyleri anlamak için tüm dünyayı dolaşmam gerekti, sense bunu sadece burada kalarak yaptın," dedim.

Güldü.

"Hala hiçbir şeyi anlamış değilim. Sadece olduğu gibi kabul ediyorum."

Evimiz üç ay içinde, ülkenin gördüğü en kötü emlak piyasalarından birinde satıldı. Ben de bunu, ilerleme vaktinin geldiğine dair bir başka işaret olarak kabul ettim.

Her hafta işaretler aradık ve dinledik.

Ve işaretler geldi. Istırap başa çıkılacak gibi değildi ve her yerde Boo'yu hatırlatan eşyalar vardı. Lacy ve ben, kendimizi ona ne kadar yakın hissetsek de, artık bu evde kalamayacağımızı anlamıştık. Bahçede bir satış düzenledik ve evin, garajın ve dolaplarımızın içindeki her şeyi sattık. Hafta sonu yardım etmek için ailelerimiz geldi ve yerde, uyku tulumlarının içinde yattık. Annem, ayırdığımız iki tencereyi kullanarak tüm aile için yemekler pişirdi ve biz boş salonda, bir battaniyenin üzerine oturup yemeklerimizi kağıt tabaklarda yedik. Kendimi yine bir çocuk gibi hissettim. Bu bize, ailelerimizle birlikte gittiğimiz piknikleri hatırlattı. Kardeşim Lexus aracımızı yıkayıp benzin koydu ve yolculuğumuz için hazırladı.

Lacy ve ben bir haritayı incelemiş ve her zaman gitmek isteyip de hiçbir zaman gitmediğimiz eyaletleri işaretlemiştik. Hazırlanıp geri kalan eşyalarımızı Utah'a götürmeye karar verdik. Burada, şehirden uzak, gidilip dönülmesi kolay, sessiz bir bölgede bir kulübe kiralayacaktık.

Bunun dışında hiçbir kriterimiz ve planımız yoktu.

Bu yeni bir başlangıçtı.

Yeni şehrimizde geçirdiğimiz ilk gece, dolambaçlı bir yoldan dağa doğru çıktık ve romantik bir restoran keşfettik. Biftek ve salata sipariş ettik ve güzel bir şişe şarap istedik. Yıllar içinde biriktirdiğimiz ve Lacy'nin işe başladığı ilk yıllarda bir kenara koymayı başardığımız paradan söz ettik. O anda yeni bir başlangıç için planlar yaptık ve yemeğin sonunda, başka insanların da kendilerini bulmalarına yardımcı olmak için bir seyahat şirketi kurmaya karar verdik.

"Peki, ya kaybolmamışlarsa?" diye sordum.

"Belki de kaybolmuşlardır, ama henüz farkında değillerdir," dedi.

Lacy'nin haklı olduğunun bilincinde, gülümsedim. Kendi yolculuğum sırasında, pek çok insanla tanışmıştım ve yaşamın asıl anlamının, kaderinizi keşfetmek ve size bahşedilen güçleri bulmak için derinleri kazmak olduğunu anladım. Ancak o zaman gerçekten canlı olabilir, dünyaya bağlanabilirdiniz.

Ancak bağlılık içinde gelişebilir, büyüyebilir ve yaratıp başkalarına da verebilecek kadar güçlü olabilirdik.

"Bazen hayatın hiçbir anlam ifade etmez," dedi

Lacy. "Bazen verdiğimiz kararlar, kendi kendine alınıyormuş gibi görünür ve sen manyetik bir çekimi izlemek zorunda kalırsın."

Utah'taki yeni hayatımıza başladık, dağın eteklerinde bir kulübe bulduk ve hiçbir şeye bağlı olmama fikrini sevdik. Bazen Boo'yu özleyerek ağladık, ama çoğu zaman geleceğe baktık ve yolumuzu bulabilmek için dua ettik.

Küçük seyahat şirketini kurduk ve insanları, tırmanış ya da rafting maceralarına götürmek için eğitimler verdik. İlk yönetici grubumuzu dağda bisiklet turuna çıkardık. Bu bana Toin ve Anja'yı anımsattı.

Tüm bu süreç boyunca önemli olan geriye dönüp bakmak zorundaymışız gibi hissetmek değil, bunu yapmak için özgür olmaktı. Geleceğe bakmak için bir zorunluluk hissetmek yerine, bunu özgürce yapabilmek.

En önemli ders; anın içinde var olmak, büyümek, gelişmek ve yeni yaşamımız her nasıl olacaksa, onu kurmaktı.

Lacy ve ben hafta sonları organik sebze bahçemizle uğraşmaya başladık ve doğadan beslenmenin, el yapımı pizzaların üzerinde taze fesleğen ve domatesler kullanabilmenin ne kadar harika bir duygu olacağından konuştuk. Küçük bir hayaldi, ama yeni bir hayaldi.

Hiçbir şey filizlenmiyor gibiydi, ama biz yine de sulamayı, ayrık otlarını toplamayı ve bu süreci sürekli tekrarlamayı sürdürdük. İki ay kadar sonra, Lacy heyecanla eve koştu. Bir fesleğen çiçeği açmıştı. Ellerinde tutup bana uzattı.

"Sıradan şeyler de sihirlidir," dedi.

PUSULA

Solomon'u, bahçesinde dev kırmızı domateslerle, toprağı eşelerken hayal ettim.

YAZARIN MEKTUPLARI

Sevgili Okur,

Sen kimsin?

Biraz zaman ayır ve bu cümleyi boş bir kağıdın tam ortasına yaz. Yanıtı bulmak için bir veya iki gün düşün.

Bu kitabın amacı, sadece benliğimize ve olmak istediğimiz bireye dair kendi kişisel özgünlüğümüz değil, aynı zamanda başkalarına ve yeryüzüne olan bağlılığımızdır. Bu kitabı yazmak duygusal olarak beni oldukça zorladı ve neredeyse yapamayacağımı düşünmeye başladım. İçimde tüm dünyanın ıstırabını ve kayıplarını hissettim, geçmiş nesillerin kayıplarını ve neşesini.

Bu yolculuk, yaşamın zirvelerini ve vadilerini simgeliyor, yaşam için bir metafor oluşturuyor. Bulmayı istediğimiz takdirde, bizler için var olan neşeyi simgeliyor. Hepimizin bir yolculuğu var.

Kendi yolculuğunuzu önemli kılın.

Sevgiyle,

Tammy Kling

Sevgili Okur,

Bu kitaptan en az benim yaratılışının bir parçası olmaktan aldığım kadar keyif aldığını umuyorum.

Yaşamları dönüştürmeyi yaşamlarının mesleği haline getirmiş fenomenal düşünce liderleriyle ortak çalıştık. Dilerim bu sayfalara yaydıkları tavsiye ve sözler ruhunuza ulaşmayı başarır.

John Spencer Ellis

Bizimle iletişime geçmek ve bu kitabın sizin yolculuğunuza nasıl katkıda bulunduğuna dair kişisel hikayenizi paylaşmak isterseniz, lütfen e-posta gönderin ya da web sitelerimiz aracılığıyla bize yazın. Sizinle bağ kurmayı dört gözle bekliyoruz!

Tammy Kling
www.escapesuburbia.wordpress.com
www.Tkling.com

Dr. John Spencer Ellis
www.JohnSpencerEllis.com
www.TheCompass.tv

OKUR ANAHTARI

PUSULA *adlı kitaptaki Hayat Dersleri*

1. bölümde Jonathan çökmüştür. Onu, kendini keşfetme yolculuğuna sürükleyen bir trajedi yaşamıştır. Bu trajedi bir kaçışla, yoğun travmalarla başa çıkmak için kullanılan tipik savaş ya da kaç metoduyla sonuçlandı. Eşi ve çocuğu korkunç bir trafik kazası geçirmişti ve Jonathan eski hayatından kaçtı. Burada okur için gerekli içgörü, bir trajedinin DNA'nızı değiştirebilecek olmasıdır. Sizi olmadığınız bir şeye dönüştürebilir; içi boş bir kabuğa. Destek almak için aile ve arkadaşlarınıza başvuracağınızı düşünebilirsiniz, ama bazıları için aşırı strese verilen tek tepki kaçmaktır. Bunlar, her türlü stresi yaşayan arkadaşlarımızda ve sevdiklerimizde gördüğümüz mücadele mekanizmalarıdır. Bu toplumdan kaçıp depresyona sürüklenmekten (içsel kaçış) gerçek anlamda uzaklaşmaya kadar (dışsal kaçış) çeşitlilik gösterir.

DERS 1: Marilyn, Jonathan'ın yolculuğu sırasında karşılaştığı ilk karakter bu dersi veriyor. Son bir kez kaçmak için, kendi isteğiyle çöle gitmiştir, çünkü ona beyin tümörü teşhisi konuşmuştur. Marilyn'in, az bir ömrü kaldığı için çöle kaçmak istemesiyle, Jonathan'ın yaşamayı reddedip sadece var olmak için yaşamdan kaçmak istemesi anlamlıdır. Marilyn'in çöle kaçışı bir tercih, Jonathan'ınki ise ihtiyaçtır. Marilyn ölmektedir; Jonathan zaten ölüdür. Marilyn, "Kaza diye bir şey yoktur. Olduğunu düşünebiliriz, ama yoktur," der. Buradaki ders, kader ve yaşamın zirve ve vadileri arasındaki yoludur. Tanıştığımız insanlar, genelde yaşamımıza bir sebep için gönderilmiştir. Neden şu anda bu yazıyı okuyorsunuz? Bu bir tesadüf mü, yoksa bunu bir amaç için okumanız mı gerekiyor?

DÜŞÜNCE: 1. bölümde, Marilyn Jon'un yanağında bir yara fark ediyor. Hikayenin ilerleyen bölümlerinde başka bir karakterin de bu yaradan söz ettiğini duyuyoruz. Daha sonra bu yaranın bir araba kazasından sonra, karakterin ailesini kurtarmaya çalışırken oluştuğunu öğreniyoruz. En nihayetinde, yaşamda edindiğimiz yaraları temsil ediyor.

DERS 2: Marilyn bu kitapta, kontrol algımıza dair güçlü bir ders veriyor. Hepimiz kontrolün bizde olduğuna inanıyoruz, ama aslında ne başını, ne ortasını ne de sonunu biliyoruz. Marilyn, "Jonathan, hiçbirimiz bir şey bilmiyoruz. Bildiğimizi düşünüyoruz, ama bilmiyoruz. Evrenin kendine özgü bir müdahale etme yolu var. Seni değiştirme yolu. Sonuçta ne aradığını bilmiyorsun ve ne bulacağını da," diyor. Yaşamlarımızın büyük bir bölümü bizim kontrolümüz dışında gelişir. (Ama biz buna inanmayız! Böylece korkudan kurtulmak, bilinmeyeni yok etmek ve sonuçları kontrol etmek için didinir dururuz.)

DÜŞÜNCE: Jonathan'ın bağışlayamadığını görüyoruz. Bu onun yaşamında ve geleceğinde büyük bir sorunu işaret ediyor. Onun, matemin ilk üç aşamasında sıkışıp kaldığını görüyoruz: üzüntü, öfke, çaresizlik ve bağışlama "sonuncusu için umut yok."

DERS 3: 2. bölümde Marilyn, "Biz bu dünyaya sanki kontrol bizdeymiş gibi hissederek geliyoruz. Sanki bize bir yaşam rehberi ve yanında yüz yıllık hayat garantisi verilmiş gibi hareket ediyoruz," diyor. Gerçek şu ki hepimiz sonsuza kadar ya da en azından yüz yıl yaşamayı umuyoruz, ama bize böyle bir şey garanti edilmiyor. Her günü en iyi şekilde değerlendirin! Yeryüzünde geçireceğimiz yıllar üzerinde hiçbir kontrolümüz olmadığının farkına varın.

DÜŞÜNCE: Bir diğer düşünce, yaşamda görebildiklerimizden fazlasının olduğudur.

DERS 4: Daha sonra Jonathan, Adirondacks'te yaşayan yaşlı adam Pete ile tanışır. Pete Jon'a şöyle der; "Her zaman bir şeyleri anlamamız gerekmez. Bazen yaşam gizemlidir ve biz bilmediğimiz gerçeğini kabul etmek zorunda kalırız." Bu insanların kabul etmeleri gereken en zorlu derslerden biridir, ancak en gelişmiş insanlar bu gerçeği kabul eder ve yaşamlarını bu doğrultuda sürdürürler.

DERS 5: 4. bölümde Pete bize, "bazen dönüşümün ardından gelen coşkuyu ve güzelliği bulmak için bir mevsimlik üzüntü gerektiğini" söylüyor. Trajediyi anlamak zordur, ama eğer dünyanın en büyük liderlerine, öğretmenlerine ve filozoflarına bakarsanız, onların yaşamlarının da trajedilerle şekillenmiş olduğunu göreceksiniz.

DERS 6: Bu belki de kitaptaki en önemli derstir. Pete sorar; "Kaç yazın ya da sonbaharın kaldı Jonathan? Belki yirmi? Ya da otuz? Duygularla savaşacak kadar zamanımız yok. Hayallerimiz tükense de, mutlu olmak için kararlı olmak zorundayız. Yeni hayaller yaratmayı istemek zorundayız."

Hayat çok kısa! Hayallerinizin farkına varın, ama aynı zamanda, yeni bir hayat yaşamak ve yeni bir hayal kurmak için, gerçekleşmemiş ya da değiştirmeniz gereken bir hayalin öldüğünü de kabul edin. Bazı insanlar eski, zamanı geçmiş hayallerine öyle bağlıdırlar ki, bu hayallerin hala onlara bir şey sağlayıp sağlamayacağını düşünmezler bile. Tanrının sizin yaşamınıza dair bir planı var.

DÜŞÜNCE: Anlamamız gereken en önemli şeylerden biri, insanların yaşamlarımıza bir sebepten geldikleridir. Bazıları gelir, bazıları gider, bazıları kalır. Bir nehir gibi akışkandır. Pete, bir soluk taze havadır, çünkü hiçbir şey istemez, hiçbir soru sormaz. Jonathan'ın duygusal olarak verebileceği hiçbir şey yoktur, çünkü tükenmiştir. Bazen sadece bir insanla yan yana olmak bile önemlidir.

DERS 7: Solomon genç bir çocuk olsa da, Jonathan'a pek çok şey öğretir. Jonathan yaşlı bir ruhtur ve bize öğrettiği derslerden biri, yaptığımız şeyin bizim kimliğimizi tanımlamadığıdır. Toplum bizleri yaptığımız işlerle yargılar. Ve biz de karşılığında yetişkinler olarak kimliklerimizi profesyonel yaşantımızda yaptıklarımız ve başardıklarımızla tanımlarız.

DÜŞÜNCE: 7. bölümde Jonathan'ın bahçede Solomon'u izlediğini görüyoruz. Bu noktada karakterimiz uyuşuk ve acı dolu kozasından sıyrılıp dünyaya uyanıyor. Başkalarını görmeye ve onlarla ilişki kurmaya başlıyor. Onu kurtaracak olan dünyayla kurduğu bu bağlılıktır. Jonathan depresyona kapılıp hayatını sonlandırabilirdi. Bunun yerine uyanıyor ve yoluna çıkan insanlarla iletişim kuruyor. Yavaş yavaş yaşamını geri kazanıyor.

DERS 8: Jonathan Hollanda'ya gidip Toin ve Anja ile tanıştığında, ilk dersini kendi kendine öğreniyor: kendi pusulasını izlemesi gerektiğini. "Bazen hissedebildiğiniz en etkili güç, bir yerle, şimdi ve sonraki adım arasındaki zamanda bir başka yerdir," diyor. İşte o anda, hayatın da böyle bir aradadır. Ama "belirsizlik" ya da "araf" anı da çok değerlidir.

DERS 9: Kitabın sonunda Jonathan ve Lacy tekrar bağ kurduktan sonra, Jonathan bir başka dersi daha kendi kendine keşfediyor. Yaşamında derin bir vadi oluştuktan sonra nasıl tekrar sıçrayabilirsin? Bir trajedinin ardından dünyayla nasıl bağ kurabilirsin? Jonathan bu farkındalığa ulaşıyor: "Önemli olan geriye dönüp bakmak zorundaymışız gibi hissetmek değil, bunu yapmak için özgür olmaktır. Geleceğe bakmak için bir zorunluluk hissetmek yerine, bunu özgürce yapabilmek. En önemli ders; anın içinde var olmak, büyümek, gelişmek ve yeni yaşamımız her nasıl olacaksa, onu kurmaktı."

DERS 10: Son olarak, hikayenin son sayfasında, son ders Lacy'den geliyor: Bu yaşamda, kontrol edemediğimiz şeylere rağmen, *sıradan şeylerde sihir olabilir.* Yaşamlarımızda öyle anlar olur ki içimize kapanır, kendimizi gözlemler, hatalarımıza, yaşamlarımıza, mücadelelerimize ve gelişimlerimize odaklanırız. Bu döngüsel bir düşünce kalıbına dönüşür ve bizler içinde sıkışıp kalırız. Kötü şeyler olur ve bizler gelişmenin bir yolunu bulmak zorundayız. Bir trajedi yaşanmadan bile, kişisel gelişim ve başarı için yola koyulmak mümkündür ve bazen ihtiyacımız olan tek şey dingin olmak ve Tanrı'nın yaşamımızı yönlendirmesine izin vermektir. Hikayenin sonunda, Lacy dinginliğe ulaşıyor. *Sıradan şeylerde sihir olabilir.*

SONSÖZ

Pusulanızı Hareket Ettirecek ve Yaşamınızı Dönüştürecek Sözler

Elie Wiesel bir keresinde, *hepimiz birbirimize acıyla bağlıyız* demişti. Wiesel, *Night* (Gece) adlı kitabın Nobel Barış Ödüllü yazarıdır. O, ailesinin ve arkadaşlarının Nazi toplama kamplarında katledilmelerine tanık oldu, ama yine de hayatta kalmayı başaran birinin gözlerinden bu konuda konuşmayı sürdürdü.

Hepimiz birbirimize –sevgiyle, acıyla ve bazen, büyük olaylarla bağlıyız.

Hepimizin birbirimize bağlı olduğu felsefesi, *Pusula* öyküsündeki en önemli unsurdur. Her birimiz çok özel ve eşsiz bir yolculuğa çıkarız, ama hepimiz birbirimize bağlıyızdır ve bu bağlılıkta, hayat vardır.

Bilgeliğimizi, sahip olduğumuz armağanları ve sözleri dünyayla paylaşmak bir hayatı kurtarabilir ya da değiştirebilir. Akıl hocası olmayan bir çocuk bir kitap okuyabilir ve bir yabancının sözlerini esas alarak bir değer sistemi ve inançlar geliştirebilir. O çocuk, başkalarının hayatlarına dokunan başarılı bir iş ve hayat kuran sağlıklı ve güçlü bir yetişkine dönüşebilir. Bu bir bağlılık ve dönüşümü getiren bir paylaşma sürecidir.

Sözcükler, bir yaşam vermek, bir ruhu geliştirmek ya da değişimi getirmek için sahip olduğumuz en büyük varlıklardır. Sözcükler yaşamları dönüştürür, ama bazıları onları paylaşmaktan korkar, başkalarının ne düşüneceğinden çekinir. Başkaları ise onları almaktan korkar. Onlar riske girmekten korkarlar, oysa korkunun içine tıkılıp kaldığınızda, değişimi engellemiş olursunuz. Birine onu sevdiğinizi söylemek, bir insanın yapabileceklerinden bahsetmek ya da önemli bir düşünceyi, bir hayat tecrübesini ya da kişisel bilgeliğinizi paylaşmak, büyük cesaret isteyen şeylerdir. Bilgeliği paylaşın, tıpkı sizden önce gelen yüce insanların yüzyıllardır yaptıkları gibi. Socrates, söyledikleri yüzünden ölüme mahkum edilen çok önemli bir düşünürdü, ama sözleri bugün hala yaşıyor. Gelecek sayfalarda, dünyanın en güçlü düşünce liderlerinden bazılarının engin fikirlerini bulacaksınız. Bunların birçoğu bizimle birlikte çalıştılar.

"Çoğu insan hayatta hep amatör olarak kalır ve yaptığı işe kendini tamamen veremez, sonuç olarak hayatta ne yapmak istediğini hiçbir zaman keşfedemez."

- Brian Tracy

Yazar ve Konuşmacı

"Yaşamlarında herhangi bir trajedi ile karşılaşmış sizler! Boş dünler biriktirmeyi bırakın. Tanrı size dünyada bir kerelik biniş hakkı verdi; kahkahalar ve çığlıklar atarak yaşayın!"

- Jeff Lewis

Kolları ve bacakları olmayan bir engelli

"Eğer spiritüel seviyede önemli bir amacınız varsa, gerisi sadece ayrıntıdır."
- Al Sergeant
Nöro Psiko-Duygusal Araştırmacı

"Hayat yaşamak içindir. Hedef ve hayallerinizi belirlerken, hazır olmadan harekete geçin."
- Les Brown
Motivasyon Konuşmacısı

"İnsanlar olarak bizim, geçmişin bizi tanımlamasına izin verme gücüne sahip olduğumuzu düşünüyorum. Ya da yaşamımızda yeni bölümler seçebilir ve geçmişimizin geleceğimizi tanımlamasına izin vermeyebiliriz."
- Les Brown
Motivasyon Konuşmacısı

"Gerçek ve uzun soluklu tüm başarılar zaman alır ve siz temeli kendi içinizde oluşturmalı ve istediğiniz başarılardan keyif alacak bir insan olmalısınız."
- Brian Tracy
Yazar ve Konuşmacı

"Gerçekleşmiş gibi canlandırın gözünüzde."
- Debbie Allen
Başarı Uzmanı

"Kalbimizin kapılarını minnet duygularıyla açtığımızda güçleniriz. Bu çok kudretli bir düşünce halidir."
- Dr. John Demartini
Filozof

"Yaşam hedefinize doğru ilerlerken edineceğiniz en önemli tutum, sevgiyi tanımaktır."

- Bruce Lipton
Biyolog

"Benim en büyük başarım, yapmaktan korktuğum şeyin arkasındadır."

- Joe Vitale
Metafizik Uzmanı

"Gidin ve neyi sevdiğinizi bulun. Bir hedef belirleyin, onun peşinden gidin ve ona bağlı kalın. Muhtemelen onu yaptığınızda, şu anda yapmakta olduğunuz şeyi yaparken olduğunuzdan çok daha mutlu olacaksınız."

- Burton Roberts
Survivor Ekip Üyesi

"Hayatta olmayı düşünün. Bu başlı başına bir sihir ve yaratılışın güzelliğidir."

- John Assaraf
Girişimci

"Etrafınızda olmasını istediğiniz insanlar ateşleyicilerdir."

- Tim Ralston
Girişimci

"Yaptığım hiçbir şey benim değerli olduğumu kanıtlamaz; senin yaptığın hiçbir şey senin değerli olduğunu kanıtlamayacak. Bizler değerliyiz, çünkü öyleyiz."

- Charlie Gay
Hümaniter

"Yaptığımız her tercihin bir amacı vardır. Eğer kendiniz için iyi olmayan bir şey yaptığınızı hissediyorsanız, farkına varın, zeki olun ve farklı bir tercih yapın. Bu kadar basit."

- Dr. Robi Ludwig
Psikolog ve Larry King'in televizyon programında konuk sunucu

"Bazen durduğunuz zaman büyük dersler öğrenirsiniz. Zor günlerde, siz yıprandığınızı hissettiğinizde ve hayat zorlaştığında, sadece durun ve nefes alın."

- Erich Shiffmann
Yoga Mastırı

"Vermeye başladığınızda, veren bir topluluğun parçası olur ve kendiniz gibi insanları çekmeye başlarsınız. Veren insanların daha büyük vizyonları vardır, çünkü onların burada olma sebepleri, dünyayı değiştirmektir."

- Marie Diamond
Feng Shui Mastırı

"İstediğinizi elde etmek için ihtiyacınız olan her şey sizin içinizde. Neye ihtiyacınız olduğunu biliyorsunuz. Dışarıdan gelen gürültülerle susturulan o sesi dinleyin. Size söz veriyorum, aradığınız huzuru ve mutluluğu bulacaksınız."

- Marilyn Tam
Yönetici ve Hayırsever

"İnancınızı besleyin, korkularınız açlıktan ölecek. Yaşamda yersiz beslenmediğinizden emin olun. Bazen kendimizi zihinsel, duygusal ve spiritüel olarak yanlış beslendiğimiz yerlerde buluruz. Her gün pozitif bir şey dinleyin; ruhunuzu besleyecek bir şey okuyun. Dile getirilen sözler güçlüdür."
- Ona Brown
Başarı Koçu

"Bazen öğrendiğimiz en iyi dersler, parçalanmışlıkların ardından gelir. Yüreklerinin ve ruhlarının parçalanmışlıklarını giderebilen insanlar genelde dünyadaki en ilginç ve en gelişmiş insanlardır."
- Tammy Kling
Pusula'nın Yazarı

"Mutluluk, yaşamınızı amaçlı yaşamak demektir. Hepimiz bu dünyaya yetenekler ve armağanlarla geldik ve ancak kişisel armağanlarınızı verdiğinizde, dünyaya bir şeyler kattığınızda mutlu olabilirsiniz."
- T. Harv Eker
Varlık Stratejileri Uzmanı

"Hedeflerinize ulaşarak dönüştüğünüz kişi, hedeflerinize ulaşarak kazandıklarınızdan çok daha önemlidir. Önemli olan hedef değildir. Ve bunu anladığınızda, hedefe olan bağımlılığınızdan kurtulabilirsiniz.

Yüreğinizde yüceliğin kıvılcımlarını taşıyorsunuz."
- Topher Morrison
Zirve Performans Koçu

"Mutluluk, mükemmeliyetin yolculuğu ve en mükemmel noktasıdır."
- Jerry Conti
Hümaniter

"Yaşam kutlama ve mutluluktur. Pusulanızın hareket etmesine izin vermektir ve o hareket ettiğinde, yeni bir yolculuğa çıkmak için anı kucaklayın. Önemli olan ne olduğunuz değil, kim olduğunuzdur. Yuvanız, yüreğinizin olduğu yerdir. Harika ve büyük bir evde yaşayabilirsiniz, ama kim olduğunuzu bilmiyorsanız, orası yuva değildir."
- Peter Miller
Film Yapımcısı

"Yapın. Oyuna girin. Doğru adımda atılacak bir adım, bunu yapmayı düşüneceğiniz yüz yıla bedeldir. Doğru zaman diye bir şey yoktur. Şimdi doğru zamandır!"
- T. Harv Eker
Varlık Stratejisi Uzmanı

"Siz içinizde huzuru ve mutluluğu yakalamadığınız sürece, dışarıda sizi mutlu edecek hiçbir şey yoktur."
- Kelli Calabrese
Fizyolog

"Sadece hafta sonları mı mutlusunuz? Ya her gününüz mutlu, hafta sonunuz gibi olsaydı? Yaşamınızı, her gününüz hafta sonuymuş gibi yaşayın."
- Tony Jeary
Dünyanın En Başarılı CEO'larının Koçu

"En temel üç ihtiyacımız yemek, su ve barınaktır. Ancak hep, en değerli barınağımız olan aklımızı ve bedenimizi ihmal ederiz."

- Kelli Ellis

Psikolog